U0111337

　　錯別字是錯字和別字的總稱，可以説是學生學習當中的常見病、疑難病。本書彙編了學生易寫錯、混用的字詞，進行釋義、造句和辨析，並配以相關練習，希望學生通過閱讀與練習，少寫錯別字，不寫錯別字。

　　全書共分四冊，可供小一至初中學生使用。

　　為幫助學生辨別，本書按錯別字的特點，分為音近錯別字、形近錯別字和部件易錯字三部分，每一組字詞都並列出正誤寫法：

　　標有 ✓ 號者，是正確的寫法；

　　標有 ✗ 號者，是錯誤的寫法。

　　兩種書寫形式都標 ✓ 號者表示兩種都對，但意思卻各不相同，需要在運用時多加留意。

　　每組收入的字詞均附有詳細的解説，內容包括釋義、辨析和例句，並配以豐富多樣的練習題，以幫助學生分辨易錯字詞，加深印象。

　　每冊書後附兩份綜合練習及答案，以便學生瞭解自己對易錯字詞的掌握情況。

　　希望通過本書的閱讀與練習，使學生瞭解字的正誤和致誤原因，從根本上避免出現錯別字，提高正確使用中文的能力。

目錄

形近錯別字

部件易錯字

座位 ☑   坐位 ☒

釋義：供人坐的地方。

辨析：凡作動詞，寫為「坐」，如：「坐車」、「坐船」等。

用作名詞，寫為「座」，如：「前座」、「後座」等。

用作量詞也寫為「座」，如：「一座山」。

例句：1. 車廂裏十分擁擠，我找不到座位。

2. 音樂廳裏的每一個座位上都坐了人。

彩虹 ☑   彩紅 ☒

釋義：彩虹是空氣中的水受到陽光照射而形成的彩色景象。

辨析：古代的人們以為彩虹是天上的大蟲在吸水，所以將「虹」寫為「蟲」部。

「紅」在古代表示紅色的布，所以寫作「糸」部；後引申為顏色。

例句：1. 妹妹一説話就會臉紅。

2. 雨後，天邊掛着一道美麗的彩虹。

已經 ☑   以經 ☒
以後 ☑   已後 ☒

釋義：「已經」表示時間過去或動作完成。

「以後」表示稍晚的時間。

辨析：「已」表示之後或完成，「以」字用途更廣泛，「以後」、「以為」、「可以」、「所以」都是「以」。

例句：1. 哎！我們遲到了，電影已經開始了。

2. 自從老人來了以後，這裏變得乾淨多了。

3. 他已經失敗了許多次，這次還會相信自己能成功嗎？

動腦筋

一 根據下面的詞語提示，填出正確的字。

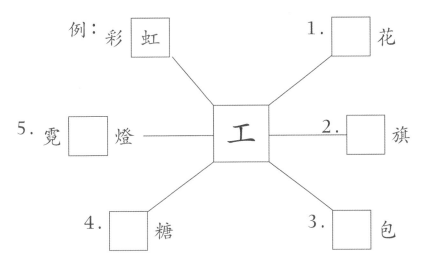

例：彩 虹

1. ☐ 花

5. 霓 ☐ 燈

工

2. ☐ 旗

4. ☐ 糖

3. ☐ 包

找朋友

二 下面亂走的字可以組成哪些詞語？把它們填在 ☐ 內。

例：☐ 可 ☐ 以

早 可 為
以
以 經
後
已 以
已

☐ ☐

☐ ☐

☐ ☐

☐ ☐

知道 ✓　　知到 ✗

釋義：指明白道理。

辨析：「道」本義指供行走的路，如：「道路」，後引申指道理、
方法，如：「道理」、「知道」。

「到」指從別處來、去。如：「到來」、「到達」。

例句：1. 媽媽經常講故事教給我們做人的道理。

2. 火車很快就要到站了，我們馬上就要到達目的地——
廣州了。

3. 你知道爸爸和哥哥到哪裏去看球賽了？

忘記 ✓　　忙記 ✗

釋義：表示時間過去或動作完成。

辨析：「忘」指不記得。

「忙」指事多沒空，或緊急去做；如：「忙亂」、「急忙」。

例句：1. 哎呀！你怎麼忘記帶語文課本了呢？

2. 大家都忙着收拾自己的書包。

光芒 ✓　　光茫 ✗

釋義：四散射出的光線。

辨析：「芒」原本指穀類種子殼上的細刺，如：「稻芒」、「麥
芒」；後來形容像芒一樣的東西，如：「光芒」。

「茫」本義指水浩大的樣子，所以多用來形容面積大，看
不到邊，或模糊、不知道。如：「茫茫大海」、「茫無邊
際」、「茫然不知」。

例句：1. 太陽升起來了，光芒四射，將整個山谷照得如同火燒
一般。

2. 我們乘坐的輪船在茫茫大海上航行。

填一填

選出正確的字，填在下面歌謠的空格內。

1.

到　　道

知 ☐ 道路人行 ☐ ，

天上彩虹一 ☐ ☐ ；

回 ☐ ☐ 處天天到，

老師點名我說：☐ ！

2.

忙　　忘　　茫　　芒

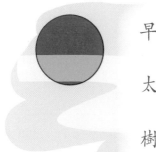

早晨大霧白 ☐ ☐

太陽東升放光 ☐

樹上 ☐ 果甜又香

_____

趕 ☐ 急 ☐ 不慌 ☐

手 ☐ 腳亂幫倒 ☐

交通規則不能 ☐

親密 ☑　　　親蜜 ☒

釋義：「親密」指感情、關係等親近密切。

辨析：「宓」與「山」聯合起來表示山中的
　　　　隱藏處，指隱蔽的，不公開的，
　　　　如：「祕密」、「密碼」；也指多、
　　　　距離近，如：「茂密」、「密集」、「稠密」；後引申比喻人
　　　　與人之間的關係親切，如：「親密」。

例句：1. 我們在茂密的樹林裏發現了一羣蜜蜂。
　　　　2. 這是我的祕密，你一定要替我保密哦！

氣球 ☑　　　汽球 ☒

釋義：裝有空氣的球。

辨析：「氣」多指空氣、味道等，如：「氣體」、「氣溫」、「生
　　　　氣」、「氣味」等。

　　　　「汽」與水有關，常用搭配有「汽車」、「汽笛」。

例句：1. 天空中升起了一個個五顏六色的氣球。
　　　　2. 街道上來來往往的汽車噴出一股股難聞的氣味。

籃球 ☑　　　藍球 ☒

釋義：「籃球」是球類運動項目之一，也指籃球運動使用的球。

辨析：「籃」從「竹」，指用竹等編織的盛放物品的器具，如：
　　　　「竹籃」、「花籃」；後來也指供投球用的帶網鐵圈，如：
　　　　「網籃」、「投籃」。

　　　　「藍」指顏色，因為是用植物製作而成的，所以從「艸」。

例句：1. 哥哥喜歡和同學一起打籃球。
　　　　2. 藍天白雲，一望無際的大海，眼前的景象多美啊！

下面的迷宫沿着正確的詞語方向，就能找到出口了。

(一)

入口

汽	水	氣	勇
天	氣	空	氣
溫	味	水	汽
空	汽	車	油

出口

(二)

入口

甜	密	親	茂
蜜	祕	集	花
糖	密	密	蜜
蜜	保	蜂	嚴

出口

式樣 ☑　　　　色樣 ☒

角色 ☑　　　　角式 ☒

釋義：「式樣」指樣子、形式。

「角色」指演員扮演的人物。

辨析：「式」指物體的外觀，也指禮儀、規格，如：「儀式」、「格式」。

「色」指色彩，如：「五顏六色」；也可指面容、景象，如：「臉色」、「景色」。

例句：1. 媽媽很喜歡櫥窗裏這條裙子的式樣。

2. 婆婆生病了，她的臉色蒼白，渾身無力。

才能 ☑　　　材能 ☒

釋義：「才能」指人的智慧和能力。

辨析：表示能力、智慧，寫作「才」，如：「才能」、「才華」、「天才」。「才」還有開始、剛剛的意思，如：「剛才」。

「材」指木料，泛指有用的物品，如：「藥材」、「鋼材」、「材料」。

例句：1. 島上的人們用木材來建造房子、傢具和輪船。

2. 他是一位才華出眾的畫家。

頑皮 ☑　　　玩皮 ☒

釋義：「頑皮」指貪玩愛鬧，不聽教導。

辨析：「頑」從「頁」，表示與人頭腦有關，如：「頑皮」、「頑固」。

「玩」從「玉」，表示與器物有關，如：「玩具」、「玩耍」。

例句：1. 大家都說偉明是個頑皮的孩子。

2. 媽媽叫我不要貪玩，趕緊去做功課。

選出適當的字，填在句中的方格內。

1. 碼頭上堆滿了集裝箱、鋼 ☐ 、煤炭、糧食等。

2. 剛 ☐ 有一艘貨船滿載着貨物，離開海港。

3. 這間酒樓推出了美味的中 ☐ 糕點，真是十分吸引人呢！

4. 各 ☐ 各樣的糕點， ☐ 香味俱全，看了讓人直流口水。

5. ☐ 皮的小猴子爬到樹頂上， ☐ 起了蕩鞦韆。

6. 牠們也很喜歡爬到猴山上一起 ☐ 鬧。

承認 ☑　　成認 ☒

釋義：「承認」表示同意、認同。

辨析：「承」的本義是捧着，後來引申為在下面托着，如：「承受」、「承重」，也含有擔當的意思，如：「承擔」、「承認」。

例句：1. 看見老爺爺那麼生氣，<u>子明</u>不敢承認是自己做的。
　　　　2. 既然你已經承認了錯誤，媽媽一定會原諒你的。

完美 ☑　　圓美 ☒

釋義：「完美」指美好無缺。

辨析：「完」指完整，全部，也指用盡、做成。如：「完成」、「完全」、「完結」。

「圓」，從「口」，本義表示環形，由於形狀圓潤，沒有棱角，後來引申指完備、周全，如：「圓形」、「圓滿」。

例句：1. 傢具展上的各式傢具設計既特別又完美，令人讚歎。
　　　　2. 兄弟倆經常沒完沒了地吵架，令媽媽十分煩惱。

團圓 ☑　　團園 ☒　　團原 ☒

釋義：「團圓」是親友分散後再重聚。

辨析：「園」指地方，如：「花園」、「公園」、「菜園」。

「原」，指最初的，開始的。如：「原來」、「原始」；也指寬廣、平坦的地方，如：「草原」、「平原」。

例句：1. 中秋節，天上月圓，地上人團圓。
　　　　2. 小蜜蜂在花園的上空跳起了圓圈舞。
　　　　3. 秋天來了，果園裏的果子都成熟了。

填一填

在圓圈內填上適當的字，完成詞語。

1.

用

沒　◯　沒了

美

2.

桂

湯　◯　珠筆

圈

識字歌謠

二 在下面歌謠的方格內填上適當的字。

 　□宵節，吃湯□

 　吃□湯□去公□

　天上月兒照公□

　地上燈兒看不□

　大家一起總動□

　齊齊賞燈慶團□

刻苦 ☑　　克苦 ☒
克服 ☑　　刻服 ☒

釋義：「刻苦」指勤奮努力，不怕吃苦。「克服」指戰勝、制服。

辨析：「刻」從「刂」，「刂」表示刀，原指用刀挖，後引申為程度很深，如：「深刻」；也可指時間，如：「時刻」。

「克」指戰勝、攻破，如：「克服」、「攻克」，也可用作重量單位，如：「1克」。

例句：1. 哥哥為了考上理想的大學，學習非常刻苦。
2. 不管事情有多困難，他都會想辦法去克服。

游泳 ☑　　遊泳 ☒
旅遊 ☑　　旅游 ☒

釋義：「游泳」指在水中游動。
「旅遊」指旅行遊覽。

辨析：與水有關，寫作「游」；如：「游泳」、「上游」。
與水無關，寫作「遊」；如：「遊行」、「遊玩」、「遊戲」、「旅遊」。

例句：1. 美兒喜歡游泳，她像條魚兒一般在水裏游來游去。
2. 遊輪上載着遊客，在平靜的海面上航行。

浪費 ☑　　浪廢 ☒

釋義：「浪費」指沒有節制，無用的花費。

辨析：「費」從「貝」部，與錢財有關，如：「浪費」、「花費」。
「廢」從「广」部，與房屋有關，本指房子倒了，引申為沒有用或壞掉的，如：「廢物」、「廢棄」、「殘廢」。

例句：1. 我們不能養成浪費的壞習慣。
2. 設計師把一些廢物利用起來，做成了奇妙的藝術品。

填一填

選出適當的字，填在句中的圓圈內。

刻　克　游　遊　費　廢

1. 農曆大年初一，人們興奮地來到街頭觀看花車巡○表演。

2. 我們到體育館觀看了哥哥的足球比賽，為他鼓勁加油，希望他力爭上○，獲得勝利。

3. 哥哥平時○苦訓練，還○服了很多困難，我真希望他能贏得這場比賽。

4. 哎呀！哥哥的隊友沒有接住哥哥傳來的球，爸爸說他浪○了一個進球的好機會。

5. 雖然我看不太懂，但是我的腦海裏留下了深○的印象。

根本 ☑　　跟本 ☒

釋義：「根本」原指植物的根，後來引申為基礎，主要的。

辨析：「根」可指事物的本源，如：「根本」、「病根」。

「跟」本義指腳的後部，引申為隨行，如：「跟隨」。

例句：1. 妹妹長得跟姊姊一模一樣，大家根本分不清她們倆。

2. 爸爸騎車跟在我們後面，一路提醒我們注意安全。

互相 ☑　　互雙 ☒

釋義：指彼此以同樣的態度或行為對待對方。

辨析：「互」指彼此、交互，兩方面都進行；如：「互相」、「守望相助」。

「雙」，從「隹」，「隹」指兩隻鳥。因此「雙」的意思是兩個，一對。如：「雙眼」、「雙手」、「雙方」、「成雙成對」。

例句：1. 嘉美和穎兒是一對好朋友，她們互相幫助，互相學習。

2. 雙方隊員在比賽開始前，互相握手，表示尊重。

名片 ☑　　明片 ☒
明信片 ☑　　名信片 ☒

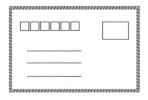

釋義：「名片」是寫有人姓名、地址、電話的小卡片。

「明信片」指不用信封，可以直接書寫和投遞的卡片。

辨析：「名」指稱號，名片上寫有名字、地址，方便聯繫。

「明」有公開、顯露的意思。明信片沒有信封，書寫的內容是公開的，都可以看到，所以稱為「明信片」。

例句：1. 爸爸收下了那人的名片，答應明天再跟他聯繫。

2. 我寄了一張明信片給國外的叔叔。

部首加法算式

一 根據提示和例子，完成下面的加法算式。

例：（ 木 ）+（ 艮 ）=（ 根 ）

1.（　　）+（　　）=（　　）

2.（　　）+（　　）=（　　）

3.（　　）+（　　）=（　　）

4.（　　）+（　　）=（　　）

犭

木　艮　彳

疋　忄

辨一辨

二 選出正確的詞語，把答案塗上顏色。

1. 明貴　　　　明珠　　　　明牌

2. 大名星　　　名信片　　　花名冊

三 將「相」、「雙」分別填入恰當的空格內。

1.	舉	世	無	
2.	智	勇		全
3.	成		成	對
4.		依	為	命
5.	才	貌		全

日曆 ☑　　日厤 ☒

經歷 ☑　　經曆 ☒

釋義：「日曆」指記載年、月、日、星期和節氣、紀念日等的印刷物。

「經歷」指經過、經驗和閱歷。

辨析：「曆」從「日」，表示與時間有關，一般是指推算年、月、日的方法或書、表、冊頁等，如：「農曆」、「日曆」、「年曆」。

「歷」從「止」，「止」在古代表示腳的意思，所以「歷」指經過或經歷過的，如：「經歷」、「歷史」。

例句：1. 媽媽看了看日曆，發現再過幾天就是爺爺的生日了。

2. 經歷過災難的人們，更加懂得平凡生活的可貴。

壁報 ☑　　壁佈 ☒

佈置 ☑　　報置 ☒

釋義：「壁報」指張貼在牆壁上，用以宣傳或發佈消息的公告文字。

「佈置」指分佈安排。

辨析：「報」和「佈」都有傳達消息，告知的意思，如：「報告」、「宣佈」。

「佈」一般指比較正式、重要的資訊發佈，「報」傳達的資訊比較廣泛，還可指傳達消息的載體，如：「海報」、「電報」、「簡報」、「情報」等。

例句：1. 今天老師安排敏兒這一組的同學出壁報。

2. 聖誕節快到了，爸爸媽媽買來聖誕樹和許多小玩意兒，一起佈置客廳。

3. 老師宣佈取消後天的測驗，同學們都很高興。

動腦筋

一 選出恰當的字，填在括號內。

1. 曆 歷

A. 日（　　） B. （　　）險 C. 經（　　）

D. 掛（　　） E. 農（　　） F. （　　）史

2. 報 佈

A. 海（　　） B. 宣（　　） C. 作（　　）告

D. （　　）置 E. 壁（　　） F. 做簡（　　）

填一填

二 選擇上題中恰當的詞語，填在下面段落的橫線上。

　　每年 1. ＿＿＿＿＿＿ 七月七日，是中國傳統的節日——「七夕節」，也叫「乞巧節」。根據 2. ＿＿＿＿＿＿ 傳説，這個夜晚是天上的織女與牛郎在鵲橋相會的日子。

　　織女是一個美麗聰明、心靈手巧的仙女，特別善於織布，因此凡間的婦女便會在這個夜晚，將庭院 3. ＿＿＿＿＿＿ 一番，準備好瓜果、針線等物品，仰望星空，向織女乞求智慧和巧藝，也乞求美滿的婚姻。

21

造成 ☑　　做成 ☑

釋義：「造成」指由於某種原因導致某種後果。

「做成」指由某種原料做出某件物品。

辨析：「造成」用於抽象意義，導致某種後果。

「做成」用於具體意義，做成某樣物品。

例句：1. 平時不注意的小毛病，有時候會造成大的危害。

2. 這件用水晶做成的小工藝品，深受人們歡迎。

流傳 ☑　　留傳 ☒

釋義：傳播流行。

辨析：「流」從「水」，本義指水流動，後來引申指像水一樣流動、傳播，如：「流水」、「流汗」、「流傳」。

「留」從「田」，指停留在某一個地方，如：「留學」、「留級」、「留守」。

例句：1. 這些詩歌從古代流傳到現在，深受人們喜愛。

2. 雨越下越大，我們只好留在這裏過夜了。

清秀 ☑　　青秀 ☒
山清水秀 ☑　　山青水秀 ☒

釋義：「清秀」形容優美、秀麗。

「山清水秀」形容山水秀麗，風景優美。

辨析：「青」指顏色，「清」形容明淨。「山清水秀」其實由「山水」和「清秀」組成，強調的是山水的秀美，而不是強調山水的顏色；如果要強調山水的顏色，就應該用另一個詞語「綠水青山」，「山」與「水」相對，「綠」與「青」相對。

例句：1. 我們來到郊野公園，這裏山清水秀，風景十分宜人。

2. 他走過不少地方，從未見過如此清秀的山水。

填一填

一 選擇正確的字，填在下面的方格內。

1. 造　做

A. ☐ 工　　B. 創 ☐　　C. ☐ 船

D. 建 ☐　　E. ☐ 事　　F. ☐ 夢

2. 流　留

A. ☐ 動　　B. ☐ 水　　C. ☐ 學

D. ☐ 傳　　E. 河 ☐　　F. ☐ 心

識字歌謠

二 在下面歌謠的方格內填上適當的字。

清　青　晴　晴　情

天上星星眨眼 ☐

告訴我明天天氣 ☐

山 ☐ 水秀 ☐ 草綠

天天都有好心 ☐

斑點 ☑   班點 ☒

釋義：在物體表面上顯露出的不同顏色的點子。

辨析：「斑」，中間從「文」，原義為雜色的花紋，引申指紛繁的色彩。構成的常用詞有：「斑點」、「斑紋」、「斑馬」。

例句：1. 呀，這麼好看的衣服上，竟然掉了一些油污斑點！

2. 姊姊的臉上出現了一些斑點，她很煩惱。

3. 美文的語文成績在班級裏是最好的。

聚集 ☑   敍集 ☒

釋義：指會合、集合。

辨析：「聚」，大篆寫作𦫼，字的下面是三個人，表示人多，上面的「取」表示讀音，因此「聚」表示會合、集合的意思，如：「聚集」、「聚會」。

「敍」表示記述、說話，如：「記敍」、「敍事」、「敍家常」。

例句：1. 成羣的鳥兒聚集在湖邊，使這裏成了鳥的天堂。

2. 每年春節，親人們都會相聚在一起，敍一敍家常。

平靜 ☑   平淨 ☒

釋義：平和安靜。

辨析：沒有聲音稱為「靜」，停止不動稱「靜止」。

乾淨、清潔稱為「淨」。

例句：1. 聽了這個消息，我的心情久久不能平靜。

2. 寧靜的山谷裏突然傳來了一陣笑聲。

3. 同學們把教室打掃得十分乾淨。

一 下面的蘑菇應分別放在哪個籃子裏？用線把它們分別連起來。

1. 班

2. 斑

3. 靜

4. 淨

5. 聚

6. 敍

二 圈出下面句子中正確的詞語。

1. 早晨的海灣（風平浪淨　風平浪靜），一輪紅日正緩緩升起。

2. 這是一次難得的家庭（聚會　敍會），連遠在<u>德國</u>的叔叔也趕了回來。

3. 餓極了的<u>志偉</u>把盤子裏的飯菜吃得（一乾二淨　一乾二靜）。

4. <u>小暉</u>曬得很黑，圓圓的臉上長出了幾顆（雀班　雀斑）。

程度 ☑　　　情度 ☒

釋義：指文化、知識等方面的水平，或事物變化達到的水平。

辨析：「程」從「禾」，本來是指稱量穀物的標準。「程度」指的就是達到某一標準。沒有「情度」這個詞。

例句：1. 爺爺的文化程度不高，沒有讀完中學便開始工作了。

2. 天氣雖然冷，但我想還沒有達到要穿羽絨服的程度。

棋盤 ☑　　　棋盆 ☒

釋義：畫有格子等標記，供下棋時擺棋子用的盤。

辨析：「盤」指盛放物品的扁而淺的用具，如：「菜盤」、「托盤」；或形狀像盤的東西，如：「棋盤」、「算盤」。

「盆」也是盛放物品的用具，但比盤深，如：「花盆」、「澡盆」。

例句：1. 爸爸拿出棋盤，把棋子擺好。

2. 爸爸在盆栽下面放了一個托盤。

難題 ☑　　　難提 ☒
提問 ☑　　　題問 ☒

釋義：「難題」指不容易解決的問題。「提問」指提出問題。

辨析：「題」從「頁」，多作名詞，如：「題目」、「主題」、「問題」、「難題」等。

「提」從「手」，多作動詞，如：「提水」、「提東西」、「提問」、「提出意見」。

例句：1. 試卷上的這道難題花了我很長時間才解答出來。

2. 老師向同學們提問，可是沒有同學能答得上來。

一 根據圖片內容，圈出正確的字。

1.

小（提　題）琴

2.

手（提　題）包

3.

考試（提　題）

4.

方向（盆　盤）

5.

種（盆　盤）栽

6.

擺棋（盆　盤）

改一改

二 圈出下面句中的錯別字，並在括號內改正。

1. 記者向他提了幾個問提，他都沒回答。　　（　　）

2. 這座新建的大橋將於今年五月題前完工。　（　　）

3. 服務生小心地捧出一個茶盆，走了出來。　（　　）

4. 公園裏的盤景展吸引了許多市民前來觀看。（　　）

5. 媽媽程願自己辛苦，也不想讓我們受苦。　（　　）

不只 ☑️　　不止 ☑️

釋義：「不只」表示不但。

「不止」指繼續不斷或指出某一特定的範圍或數目。

辨析：「不只」是連詞，相當於「不但」、「不僅」。

「不止」是動詞，有兩個意思：①不停止，如：「大笑不止」；②超出某個數量或範圍，如：「氣溫不止三十度」。

例句：1. 香港不只有熱鬧的購物場所，還有優美的山林風光。

2. 弟弟已經不止一次提到這個問題，媽媽都被他問煩了。

折斷 ☑️　　折段 ❌

釋義：用外力把東西弄斷。

辨析：「斷」多用作動詞，表示從中間分開，如：「一刀兩斷」、「斷開」；還有判定，決定的意思，如：「判斷」。

「段」，表示事物或時間劃分的部分，如：「片段」、「段落」；也作量詞，如：「一段時間」、「一段話」等。

例句：1. 釣魚竿「啪」的一聲折斷了。

2. 再過一段時間，子文就要去國外參加花樣滑冰比賽了。

慌張 ☑️　　荒張 ❌　　謊張 ❌

釋義：害怕、不沉着，顯得忙亂。

辨析：「慌」從「忄」，表示跟心情有關，指心裏着急、不安、擔心，如：「慌張」、「慌忙」、「慌亂」、「驚慌」。

「荒」從「艸」，指廢棄，或沒有開墾的田地，如：「荒地」、「荒涼」。

「謊」從「言」，表示與說話有關，「謊」指說假話。如：「說謊」、「謊話」。

例句：1. 聽到警報聲，所有的人都驚慌不已，紛紛跑出家門。

2. 子文怕被爸爸責罵，所以說了謊話。

填一填

選擇下面的字，填在句中的方格內。

 止　　 只

1. 小寶寶沒看見媽媽，便大聲哭起來，不管我怎麼哄他，他還是大哭不 □ 。

2. 爸爸愛好旅行，他不 □ 去過<u>歐洲</u>、<u>美洲</u>，還到過<u>非洲</u>的許多國家。

 斷　　 段

3. 這枝筆的筆芯已經全部 □ 掉了，沒法再用它來寫字。

4. 哥哥用手機錄下他和弟弟說的一 □ 話播放給爸爸和媽媽聽。

 荒　　 謊　　 慌

5. 遠遠地看到獅子走來，斑馬們驚 □ 地逃跑了。

6. 故事講述了主人公流落到 □ 島上的冒險經歷。

7. 我們要做誠實的人，怎麼可以說 □ 話騙人呢？

29

另外 ☑ 　　令外 ☒

釋義：「另外」指別的。

辨析：「另」指別的，其他，如：「另外」、「另有一事」。
「令」作動詞時，表示使、使得的意思，如：「令人高興」、「令人滿意」。

例句：1. 由於酒店已經住滿，我們只好拖着行李箱另外尋找住處。
2. 家偉背地裏説別人的壞話，難怪會令人生氣。

含義 ☑ 　　含意 ☒

釋義：指字、詞、句所包含的意義。

辨析：「意」和「義」都可表示內容，因此有「意義」這個詞語。
一般來説，與字、詞、句所包含的意義有關的多寫作「義」，如：「字義」、「詞義」。
「意」從「心」，指人的內心想法，如：「心意」、「願意」。

例句：1. 如果我們不瞭解這個字的含義，運用時就容易出錯。
2. 看來，你對他這句話的意義還不太理解。

決定 ☑ 　　缺定 ☒

釋義：對事情做判斷與主張。

辨析：「決」從「水」，本義指疏通水道，使水流出去，引申指斷定，拿定主意。如：「決定」、「決心」。
「缺」從「缶」，「缶」指瓦器，本義指瓦器破損，引申為殘破、不夠。如：「缺少」、「缺口」、「欠缺」。

例句：1. 哥哥想來想去，還是決定和爸爸好好談談。
2. 他沒和家人商量，便作出了決定。

漢字加法算式

一 下面兩個部件相加，會得出不同的兩個漢字，試一試吧！

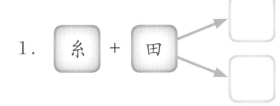

1. 糸 ＋ 田 →

2. 口 ＋ 力 →

3. 心 ＋ 亡 →

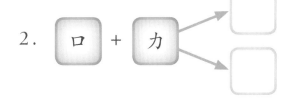

填一填

二 下面的字都可以與「心」和「意」組成四字詞語，看看你能寫出幾個？

	心		意
	心		意
	心		意
	心		意
	心		意

脾氣 ☑   皮氣 ☒

釋義：指人的習性，或指發怒、不好的情緒。

辨析：「脾」從「月」，是人的內臟之一，「脾氣」原是指脾臟的病，但民間無知，以為脾氣大則怒火升，因而「脾氣」便有了發怒的意思。

「皮」指皮膚，沒有「皮氣」這樣的詞。

例句：1. 這是他向來的脾氣，固執得很，誰的話都聽不進！
2. 妹妹正在發脾氣呢！你不要去惹她。

朝廷 ☑   朝庭 ☒

釋義：指古代皇帝處理事務的地方。

辨析：「廷」是國家最高行政機關，也是君主辦事和發佈政令的處所，如：「宮廷」、「朝廷」；而「庭」則用於指家庭、門庭、庭院等意義。

例句：1. 由於旱災，百姓們都吃不飽肚子，朝廷不得不開糧倉，救助貧民百姓。
2. 這座庭院種植了許多花木，散發着淡淡的清香。

聯想 ☑   連想 ☒

釋義：指從某件事物、事情想到另一件事物或事情。

辨析：「聯」從「耳」，從「絲」，大篆寫作𦇚，表示中間是耳朵，兩邊是絲相聯；因此「聯」的本義是指連結，結合，如：「聯想」、「聯結」、「聯繫」，多用於抽象的事物。

「連」，從「辵」，本義指人拉的車，後來引申為一個接一個的意思，如：「連接」、「連夜」、「水天相連」。

例句：1. 眼前的風景讓我聯想起去年在歐洲時的情景。
2. 兩座相鄰的城市用一條長長的跨海大橋連接起來。

一 下面生活中常出現的詞語中有哪些錯別字？把它圈出來
　並改在括號內。

1.
　　　　宮庭戲
　（　　　　　　　）

2.
　　　　家廷影院
　（　　　　　　　）

3.
　　　　聯鎖店
　（　　　　　　　）

4.
　　　　連合國
　（　　　　　　　）

5.
　　　　連繫電話
　（　　　　　　　）

6.
　　　　電視聯續劇
　（　　　　　　　）

圈一圈

二 圈出下面句中正確的詞語。

1. 媽媽性格溫柔，很少向我們發（ 皮氣　脾氣 ）。

2. 一棵桂花樹正吐露芬芳，香氣充滿了整個（ 廷院
　庭院 ）。

3. 新年快要到了，家家戶戶門前都貼上了嶄新的
　（ 對連　對聯 ）。

4. 這幾個小國決定（ 連合　聯合 ）起來，一起對抗
　敵國的進攻。

5. 弟弟摔傷了腿，媽媽（ 連忙　聯忙 ）帶他去醫院。

6. 運動員們（ 接二連三　接二聯三 ）地衝過了終點。

批准 ☑   批準 ☒

釋義：上級對下級請求的事項或意見表示同意。

辨析：「准」的意思是許可，如：「准許」、「批准」；「準」的字義較多，既指法則或依據，如：「準則」、「標準」、「水準」；也指預備，如：「準備」。

例句：1. 你們準備假期去哪裏遊玩？

2. 牆上寫着「不准亂丟垃圾」幾個大字。

究竟 ☑   究景 ☒

釋義：①到底，畢竟。②結果，原委。

辨析：「究」有「窮盡」的意思，「竟」也有「窮盡」的意思。「究竟」是一對同義詞的組合，正因為如此，所以「究竟」有「到底」的意思。

「景」指情景、景致，沒有「究景」這樣的詞。

例句：1. 關於這件事情的原委，大家都想知道個究竟。

2. 從窗户向外望去，正好可以欣賞維港的風景。

背景 ☑   背境 ☒

釋義：指舞台或電影裏的佈景，以及圖畫、攝影中作為襯托的景物。也指對人物、事件起作用的歷史情況或現實環境。

辨析：「景」指景物、景色、佈景，「背景」即是背後的景物，或背後的佈景。

「境」從「土」，指地域、疆界，如：「國境」、「邊境」；「境」又指情況、處境，如：「家境」、「環境」。

例句：1. 這幅宣傳畫以香港為背景，看起來讓人十分親切。

2. 警察抓住犯人以後，正在加緊追查案件發生的背景。

將下面字與對應的字連起來，組成合適的詞語。

1.　　環　　背　　盆　　出　　美　　風

　　　　　　　　　景　　　境

　　　　　　　　　　＊

2.　　　　　　　景　　　竟

　　　　然　　色　　物　　敢　　觀　　點

　　　　　　　　　　＊

3.　　　　　　　准　　　準

　　　　確　　備　　許　　時　　則　　考證

從頭 ☑ 　　重頭 ☒

釋義：指從開始起，也有重新開始的意思。

辨析：「重」是多音字，音「叢」的時候，含有再、另的意思，如：「重來」、「重新」。由於與「從」讀音同，所以容易把「從頭」寫作「重頭」，要特別注意。

例句：1. 弟弟把拼圖打散，打算從頭再來。

　　　2. 爸爸打算把房間重新裝修一下。

好像 ☑ 　　好象 ☒

釋義：有些像，彷彿。

辨析：「像」從「亻」，指樣貌相似，如：「相像」；引申為比照人物做成的圖形，如：「畫像」、「音像」；也可指打比方，如：「好像」。

「象」本義指大象，或形狀，樣子，如：「象牙」、「形象」。

例句：1. 曉明低着頭不作聲，好像在想甚麼事。

　　　2. 大象的身體很高大，就像一堵又厚又高的牆。

合適 ☑ 　　合息 ☒

釋義：指適宜、恰當。

辨析：「適」可以表示相合、相當的意思，如：「適合」、「適應」；也可指舒服，如：「舒適」。

「息」從「心」，指呼吸、資訊、放鬆身心；如：「氣息」、「消息」、「休息」。

例句：1. 這件新大衣爸爸穿了正合適。

　　　2. 這些玩具適合三到五歲的小朋友玩耍。

一 選出正確的詞語，把答案塗上顏色。

1. 從頭　　重頭　　重此

2. 重複　　服重　　從複

3. 平適　　適合　　合息

4. 適當　　息應　　舒息

5. 好象　　好像　　想像

6. 氣像　　像牙　　圖像

填一填

二 將適當的字填在下面段落的橫線上。

從　　重　　象　　像　　適　　息

巴黎是法國的首都，也是一座有着悠久歷史的文化名城。春夏季節，巴黎氣候温和，是最 1. _____ 宜旅遊的季節。舉世聞名的艾菲爾鐵塔，好 2. _____ 一位巨人，守護着美麗的巴黎。

3. _____ 艾菲爾鐵塔出發，沿着塞納河，一路上可以看到兩岸古老的建築。熱情好客的巴黎人，會為你 4. _____ 頭講述這座城市的歷史故事，在他們的講述中，讓你彷彿 5. _____ 新遊覽了這座城市。

攪拌 ☑️　　搞拌 ❌

釋義：混合、拌合。

辨析：「攪」，指用手或器具拌動、調勻，如：「攪拌」、「攪動」，也指擾亂，如：「打攪」。

「搞」，指做、從事。如：「搞好」、「搞垮」、「搞笑」；還有作弄的意思，如：「搞鬼」。「搞」和「攪」雖然都含有弄的意思，但「搞」運用的範圍比「攪」廣。

例句：1. 媽媽把牛奶、水和麵粉攪拌在一起。
　　　2. 孩子們打打鬧鬧，把客廳裏搞得亂七八糟。

康復 ☑️　　康複 ❌

釋義：指病癒，恢復健康。

辨析：「復」，下面的意符「夂」，表示與腳或行走有關。本義指返回，回來。引申為還原，回到原來的樣子。「康復」指身體恢復了健康，回到原來的身體狀況，所以寫作「復」。

「複」從「衣」，本義指有夾裏的衣服，引申指重疊，又，再，與「單」相對。如：「複雜」、「重複」。

例句：1. 經過醫生精心的治療，叔叔很快便康復了。
　　　2. 我從來沒有見過這麼複雜的迷宮。

制訂 ☑️　　製訂 ❌

釋義：製作、訂立。

辨析：「制」、「製」本同一詞，後來分化，「製」用於具體的製造，如：「製衣」、「製造」、「製作」。

「制」用於抽象意義，指法規、制度的訂立、規劃，如：「制訂」、「管制」、「限制」。

例句：1. 媽媽要我們自己制訂一份假期計劃，安排好假期生活。
　　　2. 這間玩具廠生產製造了大量孩子們喜歡的玩具。

一 圈出下面正確的字。

例： （攪　搞）不懂

1. （攪　搞）衞生

2. （攪　搞）拌器

3. （復　複）印機

4. （復　複）活節

5. （復　複）製品

6. （復　複）寫紙

填一填

二 選擇適當的「複」、「復」，填在句中的適當的位置。

1. 開學初，老師給<u>美兒</u>和同學們編排了一套新的舞蹈動作，這套舞蹈動作很（　　）雜，大家都認真地學習。

2. 為了將一個舞蹈動作做好，<u>美兒</u>不知道重（　　）練習了多少遍，連膝蓋都摔破了。

3. 為了演出取得成功，大家反反（　　）（　　）地排練，一遍又一遍。

4. 經過日（　　）一日的練習，大家終於將舞蹈排練好，準備在校慶日那天正式表演啦！

強烈 ☑️　　　強列 ❌

釋義：極為強大的、猛烈的。

辨析：「烈」從「灬」，「灬」是「火」的變形寫法，形容火勢猛，後引申為猛、厲害，如：「烈火」、「強烈」、「激烈」。

「列」從「刂」，「刂」是「刀」的變形寫法，本義指用刀分開，引申指排成行，擺出，如：「隊列」、「列舉」；「列」也作量詞，用於成行列的事物，如：「一列火車」。

例句：1. 政府的提案遭到了市民的強烈反對。

2. 老師列舉了幾種只在熱帶生長的水果。

訪問 ☑️　　　仿問 ❌

釋義：「訪問」指拜訪、詢問。

辨析：「仿」指效法，照樣做，如：「仿冒」、「仿效」。

「訪」從「言」，指向人詢問，調查；也指看望，探問；如：「訪問」、「探親訪友」。

例句：1. 這是女王第一次訪問這個偏遠的國家。

2. 仿造別人的產品很簡單，可想創新就不那麼容易了。

讚美 ☑️　　　贊美 ❌
贊成 ☑️　　　讚成 ❌

釋義：「讚美」指讚揚、歌頌。

「贊成」指對別人的主張或行為表示同意。

辨析：與說話有關寫作「讚」，如：「讚揚」、「讚美」、「讚歎」。

表示同意、幫助寫作「贊」，如：「贊同」、「贊成」。

例句：1. 梅花以其高潔的品質，受到了人們的讚美。

2. 我想媽媽不會贊成你獨自去夏令營，因為你還從未單獨離開過家呢！

填一填

一 在下面的方格內填上部件組成的新字，並在括號內組詞。

1. 列 + 灬 = ☐　（　　　　　）

2. 列 + 衤 = ☐　（　　　　　）

3. 列 + 亻 = ☐　（　　　　　）

4. 列 + 口 = ☐　（　　　　　）

填一填

二 給下面的「方」加上偏旁後組成新字，完成詞語。

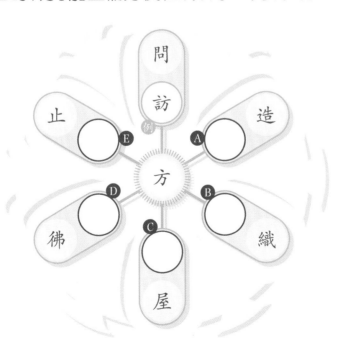

智慧 ☑　　智惠 ☒

釋義：「智慧」指聰明才智。

辨析：「慧」指聰明、有才智，如：「聰慧」、「智慧」等。

「惠」指好處或給別人好處，如：「優惠」、「恩惠」。

例句：1. 別看他年齡小，可是學識、智慧都遠遠超出他的年齡。

2. 這間商場進行的優惠促銷活動，吸引了許多顧客前來採購。

駕駛 ☑　　架駛 ☒

釋義：指操縱車船、飛機等交通工具。

辨析：「駕」從「馬」，本義是把車套在馬背上，多用作動詞，表示駕車、騎、乘、控制等，如：「駕駛」。

「架」從「木」，本義為放東西的用具，可以表示支撐、搭起、爭吵等，如：「架橋」、「吵架」。

例句：1. 寬闊的海面上架起了一座長虹。

2. 爸爸駕駛着汽車載着我們，前往淺水灣去遊玩。

鬆弛 ☑　　鬆馳 ☒

釋義：指鬆散、不緊張，也指制度或紀律執行得不嚴格。

辨析：「馳」從「馬」，本義指馬快跑，後來形容速度很快，如：「奔馳」。

「弛」從「弓」，原指弓弦鬆了，後來引申為鬆開、鬆懈，如：「弛緩」。

表示快跑、傳揚、嚮往的意思寫作「馳」，表示放鬆、放下的意思寫作「弛」，如：「鬆弛」。

例句：1. 爸爸說他幾個月不運動，全身的肌肉都鬆弛了下來。

2. 班級紀律鬆弛，是班主任最感頭痛的問題。

一 在下面的方格內填上適當的部件，使漢字完整。

1. ☐駛 （加）　2. 書☐ （加）　3. 吵☐ （加）

4. 松☐也　5. 飛☐也　6. ☐也名中外

7. 優☐心　8. 聰☐心　9. 智☐心

動腦筋

二 選擇上面的詞語，填在下面句子的橫線上。

1. 汽車在寬闊的橋面上 ＿＿＿＿＿＿＿＿，很快便到了機場。

2. 他們倆剛才是不是 ＿＿＿＿＿＿＿＿ 了？為甚麼都很生氣的樣子？

3. 爺爺的話裏包含着人生的 ＿＿＿＿＿＿＿＿。

4. 商場的 ＿＿＿＿＿＿＿＿ 活動到週末就結束了，你還不趕快去看一下？

5. 香港有不少美食 ＿＿＿＿＿＿＿＿，前來旅遊觀光的人都想要品嘗一下。

積極 ✅　　　績極 ❌

釋義：「積極」表示主動進取，或指正面的、肯定的。

辨析：「積」從「禾」，表示與農作物有關。本義指堆積穀物，後來引申為聚集，如：「積攢」、「積累」。

「績」從「糸」，本義指將麻搓成線，後來引申指功績、成果，如：「成績」、「功績」、「業績」。

例句：1. 家慧積極參加童軍活動，她覺得很開心。

2. 你這次的成績考得怎麼樣？

值日 ✅　　　直日 ❌

釋義：按排定的日期處理事務。

辨析：「值」從「亻」，表示價值，價錢，如：「值錢」、「升值」，也可表示擔當，輪到，如：「值班」、「值日」。

「直」本義指不彎曲，引申指公正合理，如：「正直」、「理直氣壯」。

例句：1. 今天輪到弟弟值日，他非常高興。

2. 他理直氣壯地拒絕了那人的無理要求。

嬌生慣養 ✅　　　驕生慣養 ❌

釋義：「嬌生慣養」指從小被寵愛、縱容慣了。

辨析：「驕」本指馬高大健壯，引申為高傲自滿。如：「驕傲」。

「嬌」從「女」，本指女子美好可愛，如：「嬌美」、「嬌艷」，後來引申指柔弱，或過分珍惜，如：「嬌嫩」、「嬌氣」、「嬌生慣養」。

例句：1. 他從小嬌生慣養，哪裏受得了遠足的苦？

2. 志文這次考了滿分，便有些驕傲起來。

改錯字

下面詞語中各有一個字寫錯了，試把它改正在後面的方格內。

1. 驕氣 ➡️ ☐

2. 嬌傲 ➡️ ☐

3. 驕生慣養 ➡️ ☐

4. 直日生 ➡️ ☐

5. 值升機 ➡️ ☐

6. 搭績木 ➡️ ☐

7. 考試成積 ➡️ ☐

8. 績少成多 ➡️ ☐

9. 績累經驗 ➡️ ☐

烏鴉 ☑　　　鳥鴉 ✗

釋義：鳥的名稱，全身黑色羽毛，以穀物、果實、昆蟲為食物。「烏」是黑色的意思，如：「烏黑」、「烏龜」等。

辨析：「鳥」字上半部分有一點，可以看作鳥兒的眼睛；而烏鴉也屬於鳥類，但牠的羽毛和眼睛都是黑色的，很難分辨眼睛在哪兒，所以「烏」比「鳥」少一點。

例句：1. 快看，天邊飄來一大團烏雲。

2. 在中國人眼裏，烏鴉不是一種受歡迎的鳥兒。

西瓜 ☑　　　西爪 ✗

釋義：植物名。西瓜水分多，味道甜。

辨析：「瓜」指植物，如：「西瓜」、「南瓜」。「瓜」的中間一筆向右挑起，而且在挑起的一筆旁邊多了一點。

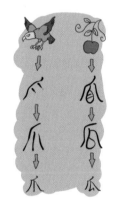

「爪」指鳥獸的腳，如：「前爪」、「鷹爪」、「爪牙」（比喻壞人的幫兇）。

例句：1. 一個個圓滾滾的西瓜藏在綠油油的藤蔓中，生機勃勃。

2. 小貓迅速地把貓爪伸進魚缸，撈起金魚就吃。

第一 ☑　　　弟一 ✗

釋義：指最先、最前、最好、最重要的。

辨析：「第」用在數詞前面，表示次序，如：「第一」、「第十」。「弟」指比自己小的男孩子，如：「表弟」；也指學生，如：「弟子」。

指人的，寫為「弟」；與次序、排名有關的，寫為「第」。

例句：1. 考試終於結束了，不知道這次我能排到第幾名呢？

2. 表弟喜歡下國際象棋，參加比賽獲得了第一名。

辨一辨

圈出餐牌中的錯別字，並在  內更正。

音近錯別字

形近錯別字

部件易錯字

綜合練習

答案

筆畫索引

開心士多店

飲品小食

西爪汁　20元　　　　車仔麵　25元

桔子汁　25元　　　　鳥冬麵　25元

原味奶茶　18元　　　小蛋糕　20元

布丁奶茶　18元　　　章魚小丸子　15元

茉香奶茶　18元　　　牛肉丸　15元

銷量弟一：布丁奶茶＋車仔麵　38元

1. 　　2. 　　3.

麥芽糖 ✓　　　麥牙糖 ✗

釋義：穀物胚芽中的澱粉酶把澱粉分解製成的糖，是中國傳統的小食。

辨析：「芽」比「牙」多「艸」，指植物初生的苗。「麥芽糖」是由穀物中的胚芽作用於澱粉而成，因此寫作「麥芽糖」。

例句：1. 糖葫蘆外面裹着一層黃澄澄的麥芽糖，看了就讓人直流口水。

2. 寶寶的乳牙即將萌出時，就像小嫩芽要破土一樣。

美妙 ✓　　美秒 ✗

釋義：「美妙」指美好而奇妙。

辨析：「妙」有美好、神奇的意思，如：「美妙」、「巧妙」。

「秒」本指禾苗的芒，後用來指時間，如：「分秒」。六十秒為一分鐘。

例句：1. 樹林裏傳來了美妙的歌聲。

2. 子明花了十五秒跑完一百米。

3. 這本書講了一個奇妙的故事，把大家深深地吸引了。

眼睛 ✓　　　眼晴 ✗

釋義：眼的通稱。

辨析：「睛」指眼球、眼珠，如：「目不轉睛」、「定睛一看」。

「晴」指天空中無雲或雲很少，如：「晴天」、「晴朗」。

我們要記住：「睛」從「目」，與眼睛有關；「晴」從「日」，與天氣有關。

例句：1. 妹妹長着一雙亮晶晶的大眼睛。

2. 晴朗的夏天，大眼睛的小青蛙們在池塘裏快樂地跳來跳去。

走迷宮

沿着沒有錯別字的草叢走出草地。

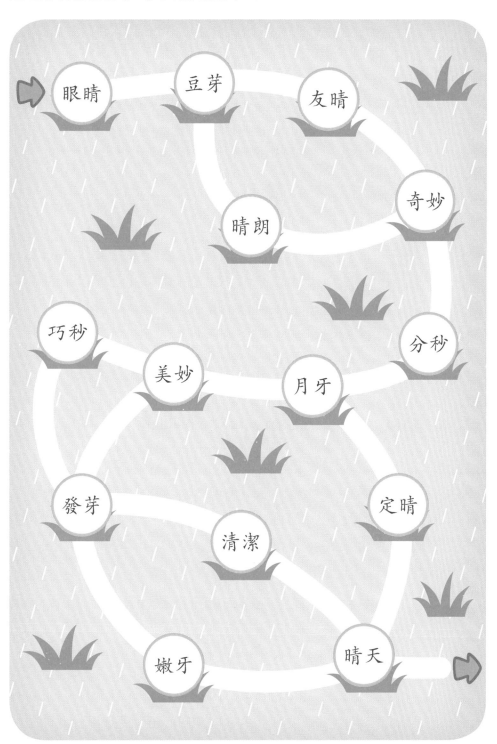

一份報紙 ☑　　一分報紙 ☒

辨析：「份」指整體裏的一部或量詞，也表示劃分的單位，如：「股份」、「一份報紙」、「省份」、「月份」。

「分」指散、離或區劃開，比如：「分離」、「劃分」。

例句：1. 哥哥，回來時幫我買一份早餐吧！

2. 這只是爸爸新買的一部分傢具，還有許多沒有送到呢！

3. 你可知道，中國各個省份的簡稱分別是甚麼？

鋒利 ☑　　蜂利 ☒

釋義：指事物尖而有力。

辨析：「鋒」，從「金」，指刀劍的尖端或銳利的部分，如：「刀鋒」、「鋒利」。

「蜂」從「虫」，指蜜蜂一類的昆蟲。

例句：1. 這把寶劍雖然已經有幾百年了，但仍然十分鋒利。

2. 人羣一窩蜂地從商場門口湧出。

安裝 ☑　　按裝 ☒

釋義：「安裝」指裝置、裝設。

辨析：「安」指平靜、穩定，如：「安定」、「安心」；也有安放和處置的意思，如：「安排」。

「按」指用手或手指壓，如：「按鈴」、「按鈕」；引申為依照，如：「按照」。

例句：1. 老師安排我們這組同學一起出壁報板。

2. 我們要按照學校的時間表上、下課。

生活中的錯別字

下面是生活中常見的廣告、海報，你能從中找出錯別字，並更正在旁邊的橫線上嗎？

1.　　　按裝說明書　　　＿＿＿＿＿＿＿＿

2.　　　報紙每分6元　　　＿＿＿＿＿＿＿＿

3.　名刀系列持久蜂利　　　＿＿＿＿＿＿＿＿

4.　　　純天然鋒蜜　　　＿＿＿＿＿＿＿＿

5.　　　客戶優先按排　　　＿＿＿＿＿＿＿＿

6.　廣告時間三份鐘　　　＿＿＿＿＿＿＿＿

紀念 ☑　　記念 ☒

記錄 ☑　　紀錄 ☑

釋義：「紀念」指思念、懷念。

「記錄」指把所見所聞抄錄下來。

「紀錄」指在一定時期或範圍內記錄下來的最高成績。

辨析：「紀」從「絲」部，本義是絲的頭緒，後來引申為法規、準則，如：「紀律」、「風紀」。

「記」是把事情錄下來，所以從「言」部。與記事有關的都寫作「記」，如：「筆記」、「記號」、「記錄」。

例句：1. 為了紀念偉大的詩人屈原，人們在端午節吃粽子、划龍舟。

2. 科學家把自己的發現仔細地記錄下來。

3. 運動會上，子明打破了學校男子一百米賽跑的記錄。

時候 ☑　　時侯 ☒

猴子 ☑　　猴子 ☒

人類常把我們的名字寫錯，我們自己可不能寫錯！

釋義：「時候」指時間、季節。

「猴子」是一種動物。

辨析：「候」可作動詞，指等待、看望、問好，如：「等候」、「候車」、「問候」；也可作名詞，表示時節或變化的情況，如：「時候」、「氣候」。

「侯」，甲骨文寫作 ，本義指箭靶，古時認為能射中箭靶的都是了不起的男子，因此「侯」引申為有本事的人，後來又作為一種身份的象徵及姓氏；如：「王侯」、「侯爺」。

例句：1. 我們剛來的時候，還沒有下雨呢！

2. 天氣好的時候，我們會去九龍城侯王廟參觀。

3. 山上有幾隻猴子正在玩耍。

在正確詞語的 □ 內加 ✓ 。

1. 他們一路上都留下 (□ 記號　□ 紀號)，免得自己 (□ 忘記　□ 忘紀) 了回家的路。

2. 爸爸在 (□ 筆記本　□ 筆紀本) 上認真地 (□ 記錄　□ 紀錄) 下這次會議的內容。

3. 婆婆的 (□ 記性　□ 紀性) 不好，常常 (□ 忘記　□ 忘紀) 事情。

4. 這裏的 (□ 氣候　□ 氣侯) 四季如春，經常有 (□ 侯鳥　□ 候鳥) 飛來過冬。

5. 這隻 (□ 猴子　□ 猴子) 真調皮，趁我們不注意的 (□ 時候　□ 時侯) 跳過來一把搶走了我們的香蕉。

6. 我們早早來到機場的 (□ 候機大廳　□ 侯機大廳) 裏 (□ 等候　□ 等侯) 登機。

辛苦 ☑　　　幸苦 ☒

幸福 ☑　　　辛福 ☒

釋義：「辛苦」指辛苦勞累。

「幸福」指得到滿足而產生長久的喜悅。

辨析：「辛」與「幸」下面都寫作「𢆶」，「辛」的上半部分是一點，「幸」的上半部分是「十」，我們可以這樣記：「辛苦一點，幸福十分。」

例句：1. 我們要愛惜糧食，因為它們都是農夫辛苦種出來的。

2. 雖然當老師十分辛苦，媽媽還是覺得很幸福。

貧窮 ☑　　　貪窮 ☒

貪心 ☑　　　貧心 ☒

釋義：「貧窮」指缺乏錢財，生活困難。

「貪心」指貪得無厭，不知滿足。

辨析：「貧」與「貪」都從「貝」，上半部分別是「分」和「今」。

「貝」是古代的貨幣，一個「貝」還要分開，表示貧困。

「貪」：今天有了「貝」（錢），還不滿足就是「貪」。

例句：1. 這位老人雖然貧窮，卻很善良。

2. 小弟真貪心，吃完了自己的蛋糕，還吵着要媽媽的。

口渴 ☑　　　口喝 ☒

釋義：「口渴」指口裏很乾，想要喝水。

辨析：喝水要用口，所以是「口」旁。

渴了想喝水，「渴」字用「水」旁。

例句：1. 一隻烏鴉口渴了，到處找水喝。

2. 哥哥太渴了，竟一口氣喝光了一大瓶水。

動腦筋

一 在下面方格內填上適當的字，與後面的字組成詞語。

1.

福
運
好

2.

苦
勞
酸

3.
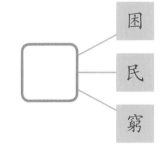
困
民
窮

4.

玩
吃
財

識字歌謠

二 在下面歌謠的方格內填入適當的漢字。

妹妹 ☐ 了想 ☐ 水

小狗 ☐ 得軟了腿

咕嚕咕嚕 ☐ 了水

小狗 ☐ 完踢踢腿

妹妹 ☐ 完甜甜睡

 喝

 渴

謎語 ☑　　迷語 ☒

釋義：暗指事物，供人猜測的語句。

辨析：「謎」從「言」，表示與語言文字有關，令人迷惑的語言，也指令人難以明白、理解的事理，如：「謎團」。

「迷」從「辶」，與行走有關，本義指迷路，引申指分辨不清，感到困惑，如：「迷惑」、「迷宮」。還可指沉醉於做某事及這類的人，如：「着迷」、「入迷」、「球迷」。

例句：1. 我們誰也猜不出這個謎語，只好去看答案。

2. 哥哥對航模飛行十分着迷，每天放學都擺弄他的航模。

健康 ☑　　建康 ☒

釋義：「健康」指人身體正常，沒有毛病。

辨析：「健」從「亻」部，指人身體狀況良好，如：「健康」。

「建」從「廴」部，表示成立、製造，如：「建立」、「建造」。

例句：1. 我們要想保持身體健康，就一定要多運動。

2. 爸爸在網上建立了一個個人網站。

爭奪 ☑　　掙奪 ☒
掙扎 ☑　　爭扎 ☒

釋義：「爭奪」指爭相奪取，互不退讓。

「掙扎」指奮力抵抗。

辨析：「爭」，甲骨文寫作 ，上下 表示手，中間表示一件物品，像兩隻手在爭奪一樣東西。「爭」的本義指爭奪，引申為競爭、較量，如：「競爭」、「爭奪」、「爭搶」。

「掙」從「手」，指用力支撐或擺脫，如：「掙扎」、「掙脫」。出力取得也寫作「掙」，如：「掙錢」。

例句：1. 勝出的兩支球隊將爭奪這次比賽的冠軍獎盃。

2. 落水者拼命掙扎，大聲呼喊：「救命！救命！」

一 在方格內填入適當的字，使它與周圍的字組成詞語。

1.

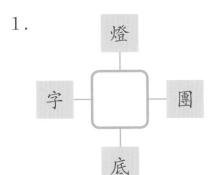

2.

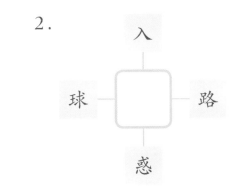

二 選出正確的詞語，把答案塗上顏色。

1. 掙吵　　掙光　　掙錢

2. 爭扎　　爭取　　爭脫

3. 建壯　　保建　　修建

4. 健造　　健美　　健立

5. 謎宮　　着迷　　迷語

6. 謎信　　昏迷　　棋謎

三 下面的字可以與哪幾個部首組成新字？將答案圈出來。

 爭　　扌　目　亻　竹　土　日　木

採摘 ☑　　　采摘 ☒

釋義：採取、摘取。

辨析：「采」，甲骨文寫作⟨甲骨文字形⟩，上面像手，下面像樹木及其果實，表示用手在樹上採摘果實。後來加上「手」旁，強調用手摘取，「采」則多用於形容人的精神、氣度。如：「神采」、「風采」。

例句：1. 雨後的山坡上，幾位農婦正在綠油油的茶園裏採摘茶葉。

2. 一位頭髮花白，身穿西裝的老人正在接受記者的採訪。

標誌 ☑　　　標志 ☒

釋義：表明特徵、識別的記號。

辨析：「誌」從「言」，表示標識、記號，如：「標誌」。

「志」從「心」，表示意向、決心，如：「志向」、「意志」、「志氣」。

例句：1. 路旁的交通標誌提醒司機前面有彎道，要小心駕駛。

2. 他從小就立下了遠大的志向。

評選 ☑　　　平選 ☒

釋義：評比並推選。

辨析：「評」從「言」，多用作動詞，表示議論，評論，如：「評比」、「評論」、「評理」。

「平」多用作形容詞，可用於形容地形不高不低，安寧等意，如：「平地」、「平靜」、「和平」。

例句：1. 姊姊被評選為校園文明之星，我們大家都為她感到高興。

2. 人們渴望和平，不希望發生戰爭。

一 下面花瓶中的字分別與哪些字組成詞語？將可以組詞的花朵塗上你喜歡的顏色。

1.

集　取
用　　神
採

2.

公　比
理　　水
評

二 選出正確的答案，填在句中的橫線上。

> 志　誌

1. 哥哥一邊聽音樂，一邊翻看手中的雜 _____ 。

2. 運動不僅能鍛煉身體，還能鍛煉人的意 _____ 。

> 采　採

3. 人們在陸地和海洋中不斷開 _____ 石油。

4. 今晚在劇場舉行的演出十分精 _____ 。

> 平　評

5. 志雄和家偉上課時說悄悄話，受到了老師的批 _____ 。

6. 大海終於 _____ 靜了下來，不再怒吼。

今天 ✓　　令天 ✗
命令 ✓　　命今 ✗

釋義：「今天」指説話時的這一天，也指現在、目前。
　　　「命令」指上對下發指示。

辨析：「今」指現在，今天，今生等，如：「今天」、「古今中外」。
　　　「令」表示指示，也有使、使得的意思，如：「命令」、「令
　　　人興奮」。

例句：1. 將軍命令士兵們加快步伐，傍晚前一定要趕到目的地。
　　　2. 這是我今年最大的願望，希望可以實現。

王宮 ✓　　　王官 ✗

釋義：「王宮」指天子的宮殿，也指朝廷。

辨析：「宮」指房屋，封建時代專指帝王的住所，也指神話中神
　　　仙居住的房屋，如：「宮廷」、「天宮」。

　　　「官」指在政府擔任職務的人，也指屬於國家的，正式
　　　的。如：「官員」、「官府」。

例句：1. 這個電影講述了美猴王孫悟空大鬧天宮的故事。
　　　2. 想對我們的產品瞭解更多，還請大家登錄官網查看。

幻想 ✓　　　幼想 ✗

釋義：空虛而不切實際的想法。

辨析：「幼」由「幺」+「力」組成，「幺」是小的意思，合起來表示
　　　年紀小，力氣小；如：「幼兒」、「幼稚園」、「幼童」、「幼
　　　苗」等。

　　　「幻」指不真實的，如：「幻想」、「夢幻」。注意它的右邊
　　　是「刁」不是「力」。

例句：1. 家偉經常幻想自己乘坐太空船到處旅行。
　　　2. 媽媽種下去的草莓已經長出了幼苗。

改一改

一 看看下面的詞語中哪些字錯了，把它們圈出來，並在方格內改正。

1. 令年 ➡ ☐　　2. 命今 ➡ ☐

3. 迷宮 ➡ ☐　　4. 宮員 ➡ ☐

5. 幻稚園 ➡ ☐　　6. 幻小 ➡ ☐

填一填

二 選出正確的答案，填在句中的括號內。

今　　令　　宮　　官　　幻　　幼

1. 誰能想得到呢？過去荒無人煙的沙漠，如（　　）變成了熱鬧的都市，真是（　　）人驚奇。

2. 古往（　　）來，有無數英雄人物為人類的發展作出了傑出的貢獻，他們真（　　）人敬佩。

3. 在深海的皇（　　）裏，住着一位美人魚公主，她五（　　）端正，長相秀美。

4. （　　）員們接二連三地走進宏偉華麗的（　　）殿。

5. 我們種下的只是一棵（　　）苗，別（　　）想它過幾個月就能長成大樹。

61

郊遊 ☑　　　效遊 ☒

效果 ☑　　　郊果 ☒

釋義：「郊遊」指到野外遊覽。

「效果」指由某種因素造成的結果。

辨析：「郊」從「阝」，從「阝」的字多與土地、城市有關，「郊」指城外，如：「郊野」、「郊外」。

「效」指模仿，效法，也有功用、成果的意思，如：「功效」、「有效」。

例句：1. 想到明天要和同學們一起郊遊，我就興奮得睡不着。

2. 這套軌道火車模擬火車開動的音響效果很逼真。

技巧 ☑　　　枝巧 ☒

釋義：「技巧」指表現在藝術、工藝、體育等方面的巧妙的技能。

辨析：「技」從「手」，指才能，手藝；如：「技藝」、「技能」。

「枝」從「木」，指由植物主幹上分出來的莖條，如：「竹枝」、「枝條」。

例句：1. 學習最重要的是掌握技巧和方法，而不只是知識。

2. 可愛的小鳥站在樹枝上歡唱着。

新加坡 ☑　　　新加波 ☒

釋義：國家名，城市名。

辨析：「坡」從「土」，指傾斜的地方，如：「山坡」、「下坡」。

「波」從「氵」，指水自身湧動而成波動的水面，如：「波濤」、「波紋」。

例句：1. 新加坡是一座美麗的花園城市。

2. 夕陽西下，湖面上波光粼粼，美麗極了。

填一填

一 下面的「皮」字加上部件以後，可以組成新字，根據詞意
　寫出適當的漢字。

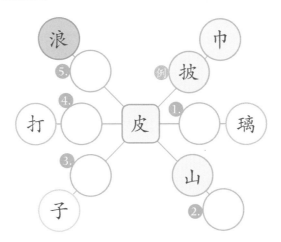

浪

巾

披 綢

5.

4.

打

皮

1.

璃

3.

山

子

2.

 連一連

二 下面的漢字可以與哪些字組合成為詞語？試用線連起來。

1.

雜 ●
樹 ●
科 ●
絕 ●

● 枝 ●
● 技 ●

● 巧
● 幹
● 藝
● 條

2.

功 ●
城 ●
近 ●
成 ●

● 郊 ●
● 效 ●

● 外
● 果
● 野
● 勞

綿羊 ☑   棉羊 ☒

釋義：動物名稱，角比山羊短小，性格溫順，毛長而軟。

辨析：「綿」指精細的絲絮，如：「絲綿」；引申指像絲綿那樣連續不斷，如：「綿延」。

「棉」指棉花，如：「棉被」、「棉衣」。

例句：1. 天上的雲朵有的像雪白的棉花，有的像可愛的綿羊。
2. 都說時間就像海綿，擠擠總是有的，我覺得很有道理。

姓名 ☑   性名 ☒

釋義：「姓名」指人的姓氏與名字。

辨析：「姓」指的是人的姓氏，如：「姓趙」、「姓錢」等。
「性」指人的男女特點，如：「男性」、「女性」、「性別」。
注意「性別」指的是人的男女區別，不可以將「性別」改為「姓張姓王」的「姓」。

例句：1. 我們要在試卷上寫下自己的姓名、班級。
2. 學校體育比賽除了按性別分組，還會按年級來分組。

孤獨 ☑   狐獨 ☒

釋義：孤單寂寞。

辨析：「孤」從「子」，本義指失去父母的孩子，如：「孤兒」。引申指單獨，如：「孤單」、「孤獨」。因為「獨」字從「犭」，所以容易將「孤」字也寫作「犭」旁，但意義就大不相同了。「狐」指狐狸，不能與「獨」字組成詞語。

例句：1. 老人雖然一個人住在山裏，卻並不覺得孤獨，大自然中的動物、植物似乎都是他的朋友。
2. 狐狸忍受不了孤獨的生活，只好向大家道歉，保證以後再也不欺騙他們了。

一 圈出下面正確的字詞。

1. 軟（棉棉　綿綿）的草地

2. 鬆鬆軟軟的（棉　綿）花

3. 暖烘烘的（棉　綿）被

4. 黃澄澄的海（棉　綿）

改錯字

二 下面卡片中哪些字寫錯了？圈出來並在下面的方格內更正。

性名：＿＿＿＿　　聯繫電話：＿＿＿＿

姓別：＿＿＿＿　　電子郵件：＿＿＿＿

家庭住址：＿＿＿＿＿＿＿＿＿＿＿＿＿＿

＿＿＿＿＿＿＿＿＿＿＿＿＿＿＿＿＿＿＿＿

合併 ✓　　合拼 ✗

拼命 ✓　　併命 ✗

釋義：「合併」指由分散而聚合在一起。

「拼命」指盡全力去做。

辨析：「併」與「拼」都有把東西合在一起的意思，指合在一起，如：「合併」、「拼湊」。

但「拼」強調把零散的東西連合在一起，如：「拼湊」、「拼圖」，此外，「拼」還有不顧一切的意思，如：「拼命」、「拼盡全力」。

例句：1. 姊姊正在利用電腦軟體將兩張照片合併在一起。

2. 大家拼命地划動手中的船槳，齊心協力地向前划。

鴕鳥 ✓　　駝鳥 ✗

駱駝 ✓　　駱鴕 ✗

釋義：「鴕鳥」是現代鳥類中最大的鳥，翅膀短小不能飛，腿很長，善於奔跑，生活在非洲的草原和沙漠地帶。

「駱駝」是生活在沙漠地帶的動物，身形高大，背上有駝峯，有高度耐飢渴能力，能供乘騎和載物，因此被稱為「沙漠之舟」。

辨析：「駝」從「馬」，表示與馬類似的動物，如：「駱駝」、「駝峯」（駱駝背部高起的肉峯）；也可形容人身體前曲，背部像駝峯的樣子，如：「駝背」。

「鴕」從「鳥」，指鴕鳥，鴕鳥雖然不會飛，但仍屬鳥類，所以寫作「鳥」旁。

例句：1. 遇到危險的時候，鴕鳥來不及逃跑，便會把頭埋進沙堆裏。

2. 一隊駱駝滿載着貨物，在沙漠中緩緩地前進。

填一填

一 根據圖意，在下面的方格內填上適當的部首。

1.

□它鳥

2.

駱□它

3.

□它

4.

□并圖

5.

□并盤

6.
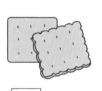
□并乾

想一想

二 將上題中的詞語填在適當的橫線上。

1. 在沙漠裏，_____ 是怎樣維持生命的呢？

2. 香蕉片、蘋果……再加上幾顆草莓和番茄，一道美味的水果沙律 _____ 就做好了。

3. _____ 跑得特別快，如果順風，牠揚起翅膀，跑得就更快了。

4. 弟弟花了一個多小時，終於完成了這幅 _____ 。

5. 烤箱裏飄出一股濃濃的奶香味，媽媽親手烤製的 _____ 做好了。

到底 ☑　　　倒底 ☒

倒影 ☑　　　到影 ☒

釋義：「到底」指直到盡頭或底端，也含有究竟、始終的意思。

「倒影」指映在水中，倒立的影子。

辨析：「到」指從別處來，或去往別處；如：「到達」、「到期」。

「倒」，指把東西反轉過來，如：「倒掛」、「倒影」；也指把容器反轉或傾斜，使裏面的東西出來，如：「倒水」。

例句：1. 士兵們都決心跟敵人戰鬥到底。

2. 湖邊的小亭子倒映在水中，十分清楚。

製作 ☑　　　製做 ☒

動作 ☑　　　動做 ☒

釋義：「製作」指將原材料做成器物。

「動作」指身體的活動，也指活動或行動起來。

辨析：表示抽象的活動，寫為「作」，如：「製作」、「作品」。

具體東西的製造，寫為「做」，如：「做手工」、「做功課」、「做好事」。

例句：1. 這是我們親手製作的蛋糕，是不是很美味？

2. 妹妹朝我做了個鬼臉，就笑嘻嘻地跑開了。

乾淨 ☑　　　幹淨 ☒

釋義：指清潔，也指沒有剩餘。

辨析：「乾」指沒有水分或水分極少，與「濕」相對，主要用作形容詞；如：「乾淨」、「乾燥」。

「幹」指做事，主要用作動詞，如：「幹活」、「能幹」。

例句：1. 媽媽把房間打掃得很乾淨。

2. 弟弟餓得把所有的菜都吃乾淨了。

一 下面詞語中哪些字錯了？圈出來並更正在後面的方格內。

1. 做動做 ☐   2. 作功課 ☐

3. 作手工 ☐   4. 小製做 ☐

5. 不幹淨 ☐   6. 吃餅幹 ☐

7. 真能乾 ☐   8. 葡萄幹 ☐

圈一圈

二 圈出下面句子中正確的字。

1. 志雄從年級前十名後退（ 到   倒 ）第一百名，他
　 這次的退步太大了！

2. 掛在窗戶上的風鈴被風輕輕一吹，就叮噹（ 作
　 做 ）響，發出動聽的聲音。

3. 湖邊的那株大樹，枝（ 乾   幹 ）彎曲得快要垂到
　 水面上了。

4. 美兒拾起這片（ 乾   幹 ）
　 枯的樹葉，把它小心地夾進
　 自己的書裏。

5. 家輝跑得太快，不小心跌（ 到   倒 ）在跑道上。

6. 蜂鳥是唯一能向後（ 到   倒 ）退飛行的小鳥。

樸素 ☑　　　撲素 ☒

釋義：樸實而不浮華。

辨析：「樸」從「木」，本義指未加工成器的木材，後來引申指不加修飾，如：「樸素」、「樸實」、「簡樸」。

「撲」從「扌」，表示輕輕拍打，後來泛指向前猛衝，如：「飛蛾撲火」。「撲」可重疊使用，用於形容心跳的聲音或強調所形容的事物，如：「紅撲撲」、「心撲撲直跳」。

例句：1. 那位富翁穿着樸素，從外表看來與平常人沒有兩樣。
2. 我們剛走進院子，一陣濃濃的花香便迎面撲來。

紗窗 ☑　　　沙窗 ☒

釋義：蒙紗的窗戶，可防止蚊蟲進入，又便於透氣。

辨析：「紗」從「糸」，從「少」，本義指細絲，用它可以織成布，如：「棉紗」、「紡紗」、「窗紗」、「紗布」。

「沙」，金文寫作「沙」，左邊是「水」，右邊「少」像沙粒形；意思指極細碎的石粒。

例句：1. 快把紗窗關上，不然蚊子很快就飛進來了。
2. 小貓喜歡躺在家裏的沙發上睡覺。

可憐 ☑　　　可鄰 ☒
鄰居 ☑　　　憐居 ☒

釋義：「可憐」指令人同情、可惜，還含有可愛的意思。「鄰居」指住處相近的人家。

辨析：與心情、內心感受有關，寫為「憐」。
表示接近，寫為「鄰」。

例句：1. 這隻小鳥受傷掉了下來，真可憐。
2. 小峯是我的鄰居，也是我的好朋友。

叔叔：
我的鄰居
好可鄰，
他……

真正可憐的人
不知道是誰呢？

70

一 辨別下面的詞語，正確的在括號內加✔，不正確的圈出其中的錯別字，並在括號內改正。

1. 豆紗餅 　（　　　）　　2. 真可鄰 　（　　　）

3. 皮沙發 　（　　　）　　4. 撲克牌 　（　　　）

5. 樸個空 　（　　　）　　6. 沙塵暴 　（　　　）

填一填

二 圈出句中運用正確的詞語。

1. 那位女子全身黑衣，臉上罩着（面沙　面紗），我看不清她的樣貌。

2. 這場火災幸虧消防隊及時趕到（樸救　撲救），才沒有造成太大的損失。

3. 只聽（樸通　撲通）一聲，皮球掉進了水裏，弄得水花四濺。

4. 子明不會游泳，在水裏（樸騰　撲騰）了兩下，便嗆了一口水，趕緊回到岸上。

5. 媽媽常對我們説，（鄰里　憐里）之間，應該相互幫助。

6. 弟弟發燒了，有氣無力地閉着眼睛躺在床上，真（可鄰　可憐）。

指揮 ☑　　　指輝 ☒

釋義：發號施令，指示別人行動。也指發令的人。

辨析：「揮」從「手」，表示拋灑、甩出、搖擺等與手有關的動作，如：「揮動」、「揮舞」、「揮手」；引申為指派，命令，如：「指揮」。

「輝」從「光」，意思是光，閃射的光彩，如：「光輝」、「輝煌」。

例句：1. 他曾經是一位將軍，指揮千軍萬馬英勇作戰。
2. 月亮將銀色的光輝，灑向大地。

狠毒 ☑　　　狼毒 ☒

釋義：凶狠殘暴。

辨析：「狠」從「犬」，本義是指狗相互爭鬥的聲音，後來引申指凶狠、殘忍，如：「狠毒」、「惡狠狠」、「狠心」。

「狼」本是動物名，由於狼的性格凶狠，所以牠給人的印象都與凶狠有關，雖然在粵語中常形容人貪心為「狼」，但在書面語中不可以這樣用。

例句：1. 白雪公主的後母十分狠毒，總是想盡辦法要害死她。
2. 狼見到羊羣，便使勁追趕起牠們來。

等待 ☑　　　等侍 ☒
侍候 ☑　　　待候 ☒

釋義：「等待」指等候。「侍候」指服務，照料。

辨析：「侍」從「亻」，表示與人有關，表示陪伴、侍候的意思。
「待」從「彳」，表示與行走有關，本義是出行中等待，也指招待，對待。

例句：1. 廣場上的人們都在等待新年鐘聲敲響的時刻。
2. 爺爺自從生病後，行動不方便，需要人侍候。

填一填

一 選出適當的部件，與「寺」、「艮」組合成新字，並填在適當的橫線上，使組成詞語。

1. 寺： A. ☐ 歌 B. ☐ 候 C. 對 ☐ D. 保 ☐

2. 艮： A. ☐ 隨 B. ☐ 好 C. 樹 ☐ D. 兇 ☐

辨一辨

二 辨別下列句子，沒有錯別字的在（ ）內加 ✔，有錯別字的加 ✘，並圈出句子中的錯別字。

1. 家裏來客人了，媽媽熱情地招待他們。 （ 　）

2. 狠毒的後母一心想要害死白雪公主。 （ 　）

3. 餐廳裏幾位待應生正忙着招待客人。 （ 　）

4. 大象聽從主人的指揮，將貨物運到森林裏。（ 　）

5. 她一步一回頭，不時揮手向家人告別。 （ 　）

6. 自動駕駛汽車不需要司機，全由電腦控製。（ 　）

7. 為了慶祝婆婆的生日，爸爸特意訂製了一籃壽桃。

（ 　）

音近錯別字

形近錯別字

部件易錯字

綜合練習

答案

筆畫索引

附近 ✓　　　付近 ✗

釋義：指相近，距離不遠的地方。

辨析：「附」從「阝」，「阝」作部首表示與地形有關。「附」表示靠近的意思，如：「附近」。

「付」從「亻」從「寸」，表示與手的動作有關，意思是用手拿着物品交給別人，如：「支付」、「付款」、「付出」。

例句：1. 在我家附近新建了一座商場。

2. 顧客離開前，給服務生付了十元小費。

衰老 ✓　　　哀老 ✗

釋義：年老、精力變微。

辨析：「哀」從「衣」，本義為悲痛、悲傷。「哀」字中間為「口」，可以理解為穿着孝衣，張口哭，表達悲傷的心情。

「衰」，從「衣」，中間為「皿」。形容事物發展轉向微弱，如：「衰微」、「衰弱」、「衰老」、「盛衰」。

例句：1. 爺爺告訴我，人總會從年輕走向衰老，這是自然規律。

2. 狗媽媽的眼神裏充滿哀傷，牠不知道怎樣可以找到牠的寶寶。

哪裏 ✓　　　那裏 ✓

釋義：「哪裏」指甚麼地方。「那裏」指那個地方。

辨析：「那」和「哪」都是指示代詞，「那」指較遠的人或事物，如：「那兒」、「那裏」、「那時」。

「哪」表示疑問，如：「哪裏」、「哪兒」、「哪些」；「哪」還能表示語氣，表示驚歎、警告。如：「小心哪！」

例句：1. 你知道弟弟到哪裏去了嗎？

2. 他和媽媽到公園去玩了，因為那裏有滑梯和鞦韆。

給下面的字各加一筆，使它成為新字，並在括號內組詞。

1. 因 ➡ □ （　　　　）

2. 烏 ➡ □ （　　　　）

3. 今 ➡ □ （　　　　）

4. 哀 ➡ □ （　　　　）

5. 狠 ➡ □ （　　　　）

二 下面關於「那」和「哪」字的諺語，你會填嗎？

1. 這山望見 □ 山高　　　　　總覺得別的工作或環境比目前的好。

2. □ 壺不開提 □ 壺　　　　　專說他人忌諱或弱處，找別人麻煩。

3. □ 隻老鼠不偷油？　　　　　比喻本性難改。

4. □ 裏摔倒就從 □ 裏爬起　　　比喻承認失敗，改正錯誤。

轉彎 ☑   轉灣 ☒

釋義：「轉彎」指轉變方向，或指道路曲折的地方。

辨析：表示彎曲、不直寫作「彎」。「轉彎」是掉轉方向，路線發生彎曲，所以寫作「彎」。

與水有關寫作「灣」，指地方，如：「海灣」、「港灣」。

例句：1. 汽車快到轉彎的時候放慢了速度。

2. 我們沿着公路轉彎下來，便看到了藍色的海灣。

傍晚 ☑   旁晚 ☒

釋義：臨近晚上，指黃昏。

辨析：「傍」從「亻」，加「旁」字表示與人靠近，依在別人身上。因此「傍」字有靠近，臨近的意思。如：「傍晚」、「依山傍水」（靠着山臨着水）。

「旁」指左右兩邊，如：「旁邊」；後泛指其他的，如：「旁人」。

例句：1. 傍晚時分，夕陽映照着波光粼粼的湖面，寧靜而美麗。

2. 弟弟從我旁邊鑽了出來，嘴裏快活地叫着。

來往 ☑   來住 ☒

釋義：指來去，往返；也指人與人之間的交際往來。

辨析：「住」從「亻」，表示停留，如：「居住」、「住宿」。

「往」從「彳」，甲骨文寫作𡳿，像一個人在走路，表示到……去的意思。如：「前往」、「勇往直前」，引申指過去，如：「以往」、「往日」、「往常」。

例句：1. 人行道上的積雪被來往的行人踩成了黑色。

2. 湖邊的那間農舍已經很久沒有人居住了。

填一填

一 根據下面的詞語提示，填出正確的字。

1.
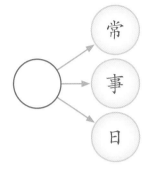

常
事
日

2.
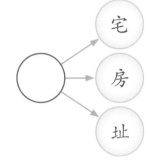

宅
房
址

3.
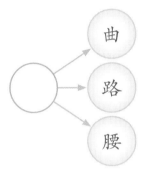

曲
路
腰

4.
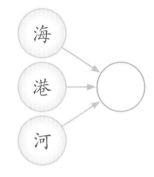

海
港
河

 選一選

二 圈出下面段落括號內正確的漢字。

　　1.（傍　旁）晚，我們迎着海風慢慢爬上山頂。太陽才剛下山，但月亮已經出來了。我們沿着小路轉了一個2.（彎　灣），就到了觀景台。眼前遼闊而壯麗的景色令所有人讚歎不已。

　　碧藍的大海簇擁着潔白的海3.（彎　灣），好像要撲入它的懷抱。4.（旁　傍）邊鬱鬱葱葱的山林給它增添了獨特的魅力。

一支 ☑　　一枝 ☑

辨析：「支」作量詞，多用於兩種情況：①用於隊伍等，如：「一支軍隊」、「一支遊行隊伍」；②用於歌曲、樂曲，如：「一支樂曲」。

「枝」作量詞，主要用於形容桿狀的東西，如：「一枝槍」、「一枝筆」、「一枝蠟燭」等。帶枝的花朵也用「枝」，如：「一枝玫瑰花」。

例句：1. 樂隊正在演奏一支歡快的樂曲，使人們都輕鬆起來。
　　　2. 今天是子明的生日，媽媽在生日蛋糕上插上了八枝蠟燭。

一顆 ☑　　一棵 ☑

日啖荔枝三百棵

辨析：「棵」是植物的量詞，如：「一棵樹」、「一棵菜」。

「顆」多指小而圓的粒狀物，如：「三顆珍珠」、「一顆心」等。

例句：1. 天黑了，一顆顆星星向我們眨起了眼睛。
　　　2. 客廳裏，一棵聖誕樹被裝扮得閃閃發亮。

一攤泥 ☑　　一灘泥 ☒

釋義：一堆泥巴。

辨析：「攤」原是動詞，指兩手張開，如：「攤開兩手」，「攤」也可作名詞，指攤檔。作為量詞時，「攤」專門用來形容一些攤開的糊狀物，如：「一攤血」、「一攤水」。

「灘」不可以作量詞，只可以構成「沙灘」、「海灘」等名詞。

例句：1. 路邊上有一攤泥巴，小心不要踩到！
　　　2. 在沙灘邊有個小攤檔，專門售賣小朋友的玩水工具。

根據下面的圖意，將正確的字圈出來。

1. 吃完飯，妹妹拿起一（支　枝）✏ 在紙上畫起畫來。

2. 突然，一（支　枝）➤ 「嗖」地從將軍身旁飛過，插在地上。

3. 媽媽正在用抹布把浴室地板上的一（攤　灘）擦乾。

4. 他邊走邊看手機，不小心一腳踩到了路邊的一（攤　灘）💩 上。

5. 從錄音機裏傳來一（支　枝）歡快的樂曲 🎵 。

6. 弟弟的新衣服才穿了一天，就掉了幾（顆　棵）⬤ 。

7. 這（顆　棵）🎄 上掛着許多（顆　棵）亮晶晶的小 ☆ 。

散步 ✓　　　散步 ✗

釋義：「散步」指隨意走走。

辨析：「步」的上面是「止」，在古代指人的腳。下面「少」，是「止」字的變形寫法。金文寫作 ，後來寫作 。「步」就是兩腳一前一後向前移動，是不是很形象呢？

例句：1. 爺爺每天吃過晚飯後都要去樓下花園裏散步。

2. 聽到一聲巨聲，大家停住腳步，小心地四處張望。

3. 小寶寶在媽媽的鼓勵下終於邁開了第一步。

武器 ✓　　　武器 ✗

釋義：「武器」指兵器，用於攻擊或防衛的工具。

辨析：「武」的上半部分是「戈」（表示兵器），下半部分是「止」表示腳，合起來的意思是拿起武器去打仗。後來「戈」字的撇移到左肩上變為橫，所以寫字時不要再多加一撇。

例句：1. 指揮官一聲令下，士兵們拿起武器準備進攻。

2. <u>家明</u>十分喜歡武術，希望媽媽同意他去學習。

3. 這間被打劫的珠寶店很快被全副武裝的警察包圍了。

暴躁 ✓　　　暴躁 ✗　　　暴躁 ✗

釋義：形容人的脾氣衝動，容易生氣。

辨析：「暴」小篆寫作 ，表示雙手持農具在陽光下曬米，因此它的本義指曬，後來引申為強大而突然，又急又猛的意思，如：「暴風雨」、「粗暴」、「暴力」。下面寫作「氺」，不可寫作「小」或「小」

例句：1. 哥哥的脾氣很暴躁，媽媽十分擔心他在外面闖禍。

2. 這場暴風雨給小島帶來了巨大的災難。

3. 這種遊戲太暴力了，不適合孩子們玩耍。

看看「止」與「氺」分別與其他部件組合後分別成為甚麼字？
在 ◯◯◯ 內組詞。

1.

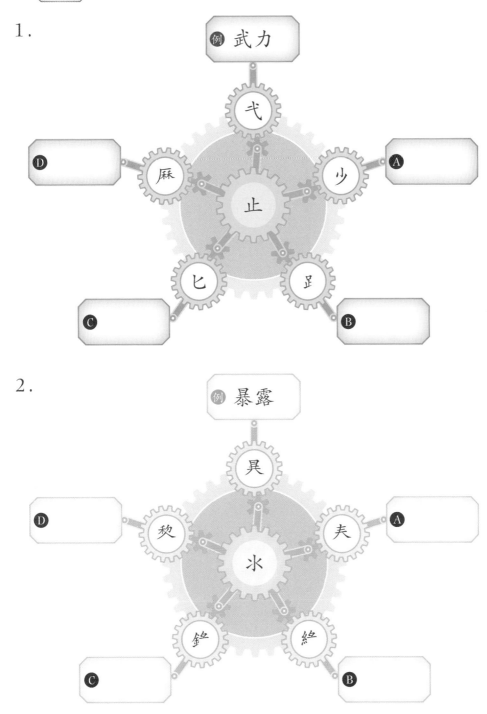

告訴 ✓　　告訴 ✗

釋義：說給別人，通知。

辨析：「訴」的本義是告狀、控告。從「言」從「斥」。「斥」有責備的意思，如：「斥責」、「訓斥」，與「訴」字義相關。

「斥」的本義是斧子一類的工具，所以作偏旁時也多表示相關的意義，如：「斷」、「斬」等。

例句：1. 弟弟一回來就告訴媽媽自己獲獎的好消息。

2. 那位服務員因為態度不佳，遭到了客人的投訴。

窗戶 ✓　　窗戶 ✗

釋義：裝於牆上可通風透光的設備。

辨析：「窗」，大篆寫作「⊗」，小篆寫作「窗」，加「穴」表示房屋，下面的「囱」好像古代窗戶的形狀，不要寫作「囟」。

「囟」字中間是「ㄨ」，「囟」指初生嬰兒的頭頂前部。

例句：1. 我從窗戶向外看，天上的烏雲越積越多，快要下雨了。

2. 早晨，媽媽拉開窗簾，房子裏一下子變明亮了。

式樣 ✓　　式樣 ✗
試驗 ✓　　試驗 ✗

釋義：「式樣」指樣子、形狀。

「試驗」指為瞭解事物的性能或事情的結果而進行的嘗試活動。

辨析：「式」由「工」和「弋」組成，「工」的本義指木匠做活測量的尺子，因此「式」的本義是指規矩、法則，後引申為儀節、典禮。如：「格式」、「樣式」、「儀式」。不能將「弋」寫成「戈」。

例句：1. 設計師向顧客出示了幾張新設計的衣服式樣。

2 膽小的弟弟在媽媽的鼓勵下，嘗試獨自一個人在晚上睡覺。

一 試將下面的部件用線連起來，組成新字，在  內組詞。

1.

扌

言

2.

鹵

欠

二 看看下圖中的部件可以與「囪」組成哪些漢字。

穴　　艹　　心　　糸　　耳

1. ☐ 戶

2. ☐ 明

3. ☐ 結

4. ☐ 蒜

三 下面詞語中各有一個錯別字，試把它改正在方格內。

1. 式樣 ➡ ☐

2. 武器 ➡ ☐

3. 考試 ➡ ☐

4. 戒煙 ➡ ☐

展示 ☑　　　展示 ☒

釋義：表現出來給人看。

辨析：「展」的本義是轉動，與人體動作有關，如：「伸展」；後來引申出陳列、施行的意思，如：「展覽」、「畫展」、「展開」、「發展」。注意不要加多一撇。

例句：1. 兩條長長的鐵軌向前伸展，一直到遠方。

2. 小鳥展開翅膀，一下子就飛走了。

3. 今天我們一家人到維多利亞公園去看花展。

挖洞 ☑　　　挀洞 ☒

釋義：「挖洞」指打洞。

辨析：「挖」，小篆寫作閃，好像一把鋤頭在洞穴裏挖着，非常形象，切記不要將下面的「乙」寫作「九」。

例句：1. 爸爸挖好坑以後，把小樹苗栽了進去。

2. 我和姊姊在沙灘上挖了個坑，把撿來的貝殼藏在裏面。

迎接 ☑　　　迎接 ☒
昂貴 ☑　　　昂貴 ☒

釋義：「迎接」指走向前接待。
「昂貴」指價格很高。

辨析：「迎」與「昂」都是「卬」作聲旁。「卬」音「昂」，本義是抬起，向上，所組的字多表示此義，如：「仰」、「昂」等。
「卬」加一撇就成了「卯」（粵音「毛」），組的字有「柳」、「聊」。

例句：1. 我來到維港參加倒數活動，迎接新年的到來。

2. 這輛嶄新的跑車非常漂亮，價格也非常昂貴。

填一填

一 選出適當的部件，填在下面的空格內。

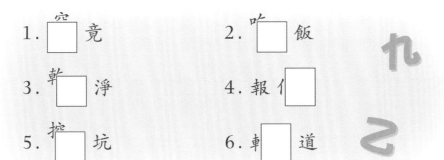

1. ☐^穴 竟

2. ☐^吃 飯

3. ^乾☐ 淨

4. 報 亻☐

5. ^挖☐ 坑

6. 車 ☐ 道

組字遊戲

二 下面的部件可以組合出哪些新字呢？請填在方格內。

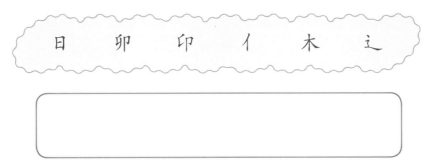

日　卯　卬　亻　木　辶

☐

三 下面的字缺了部件，試將它們填出來，並組詞。

1. 尸 ➡ ☐ （　　　　）

2. 屏 ➡ ☐ （　　　　）

3. 田 ➡ ☐ （　　　　）

民

氏

85

祝福 ☑　　　祝福 ☒

釋義：本指求神賜福，現泛指希望人得到幸福。

辨析：「福」從「示」，「示」旁的字一般都與神靈的事情有關。
「福」甲骨文裏寫作𥁕，好像人用兩手捧酒罈把酒澆在祭台上，祈求上天賜福。

例句：1. 大家紛紛舉起酒杯，一同祝福爺爺健康長壽。
　　　2. 科學家們利用動物的特點研製出各類機器，來造福人類。

祖先 ☑　　　祖先 ☒

釋義：指始祖或歷代的先人。

辨析：「祖」在甲骨文裏寫作「且」，表示供奉祖先的宗廟，後來為了使字義更加明確，在「且」字左邊加「示」旁，表示與神靈、祭祀有關。後來，「祖」字又有了指父親的上輩等意思。如：「祖父」、「祖師」等。

例句：1. 祖父年紀大了，耳朵聽不清，你要大聲對他說話。
　　　2. 人類的祖先真的是猴子嗎？

起初 ☑　　　起初 ☒

釋義：最初，剛開始的時候。

辨析：「初」指開始，古代先民的衣服大多是用刀割開獸皮做成的，用刀裁衣是做衣服的開始，所以「初」從「衣」部。後來，人們把入冬的第一個月叫作「初冬」，把農曆每月的第一天叫「初一」。理解了「初」字的本義，就不會將「衤」寫作「礻」了。

例句：1. 子文起初不懂得怎樣賣旗，只好跟在別人後面做。
　　　2. 流感最初是從學校開始傳播的。
　　　3. 爺爺說他當初來香港的時候，一窮二白。

動腦筋

一 根據下面的提示，在方格內填上部件，使它們與「　」組成新字。

2. 衤□

1. 衤□　　3. 衤□

4. 衤□

1. 用棉線等織成的穿在腳上的東西。

2. 睡覺時蓋在身上的東西。

3. 穿在下身的服裝。

4. 夏天女孩子常穿的一種衣服。

填一填

二 下面的部件和「衤」部可以組合成哪些字？組成詞語填在方格內。

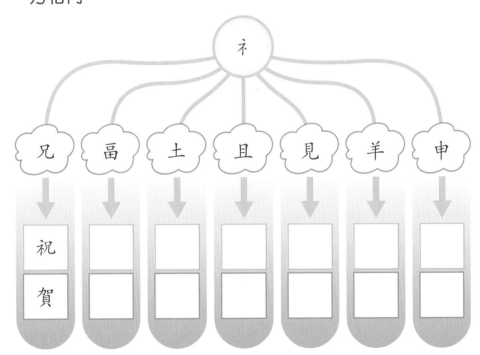

衤

兄　畐　土　且　見　羊　申

祝
賀

上游 ☑　　　上泑 ☒

釋義：「上游」指河流的發源地及其鄰近的區域，後泛指前列。

辨析：「游」從「氵」，指在水裏行動。「游」容易受「放」字的影響，寫作「泑」，我們可以將「子」看作是孩子，在水裏游泳，這樣就不會將「游」誤寫為「放」。

例句：1. 我們來到河流的上游，發現這裏有一間工廠正在排放污水。

2. 每位同學都力爭上游，惟恐落後。

輝煌 ☑　　　輝煌 ☒

釋義：形容光彩耀眼、燦爛奪目。

辨析：「煌」從「火」，大篆寫作煌，好像火在燃燒，因此「煌」表示光明的意思。

「煌」字在「輝煌」一詞中容易受「輝」字的影響，寫為「煌」，這是要特別注意的。

例句：1. 這座教堂修建得金碧輝煌，十分氣派。

2. 夜晚的城市燈火輝煌，比白天顯得更加熱鬧和迷人。

國旗 ☑　　　國旗 ☒

釋義：由國家規定，代表一個國家的旗子。

辨析：「旗」容易受「棋」字的影響，將「旗」寫為「棋」，要特別注意。

例句：1. 你知道中間有一片楓葉的國旗是哪個國家的嗎？

2. 球迷們手揮旗子，不斷地為自己喜愛的球隊加油助威。

3. 每天早晨，位於會展中心附近的金紫荊廣場都會舉行升旗儀式。

填一填

一 下面的四字詞語缺少了部件，請你把它們加上去吧。

1. 游□	來	游□	去
2. 方□	聲	歌	唱
3. 辶□	手	好	閒
4. 大	方□	光	明
5. 辶□	山	玩	水

組成語

二 下面的字都可以與「煌」組成成語，看看你能寫出幾個。

燈	輝	碧
奪	金	目
輝	火	輝

連一連

三 下面的字丟失了部件，在方格內補上，并和相關的圖連線。

1. 跳木□ ●

2. 彩方□ ●

3. 圍木□ ●

● A.

● B.

● C.

音近錯別字

形近錯別字

部件易錯字

綜合練習

答案

筆畫索引

容易 ☑　　　容易 ☒

楊桃 ☑　　　楊桃 ☒

釋義：「容易」輕鬆、不費力或沒甚麼困難。

「楊柳」指楊樹和柳樹。

辨析：「易」與「易」就在中間一橫的區別。「易」同「陽」，甲骨文寫作 ，好像太陽的光線透過雲層射了下來，中間的「一」代表雲層，所組成的字也多讀「易」的音。如：「腸」、「場」、「腸」等。

例句：1. 這次的考試非常容易，很多同學都得了一百分。

2. 我們在果園裏摘了滿滿一籃楊桃。

考試 ☑　　　考試 ☒

釋義：出試題測驗考生的程度或技能。

辨析：「考」，甲骨文寫作 ，字形像一個駝背的老人拄着一根拐杖，下面為「丂」，不可再加一橫。

例句：1. 這次考試很難，同學們的成績都不太好。

2. 我出一道腦筋急轉彎的題考考你好嗎？

免費 ☑　　　免費 ☒

釋義：指特准免繳應付的費用。

辨析：「免」，甲骨文寫作 ，下面是人，上面像人頭上戴帽形，假借為免除的意思。

「兔」指兔子，後面一點可以理解為兔子的小短尾巴，這樣與「免」字區分開。

例句：1. 學校組織我們去電影院免費觀看了一場電影。

2. 在龜兔賽跑中，跑得快的兔子反而輸了，這是為甚麼呢？

一 看看下面的部件可以分別與「昜」、「易」組成哪些漢字，
　根據詞意填在 □ 內。

𧾷	氵	阝	釒
月	土	礻	扌

1. 太 □

2. 操 □

3. 飄 □

4. 球 □

5. □ 桃

6. □ 胃

二 在下面的方格內填上適當的漢字，使與其他字組成詞語。

1.

驗
試 □ 查
卷

2.

箱
火 □ 爐
肉

彈琴 ☑　　　彈琴 ☒

釋義：「彈琴」用手指撥弄琴弦或鍵盤，發出樂音。

辨析：「琴」字下面是「今」，不是「令」，學生常常弄混。可以借助二者的讀音來記憶：

帶「今」的字一般與「今」音接近，如：「琴」、「吟」。

帶「令」的字一般與「令」音接近，如：「領」、「零」、「嶺」、「玲」、「鈴」。

例句：1. 聽，是誰在房裏彈琴？琴聲這麼悅耳。

2. 上課的鈴聲響了，同學們都趕緊走進課室。

3. 老師帶領我們到博物館參觀。

報紙 ☑　　報紙 ☒
低頭 ☑　　低頭 ☒
底下 ☑　　底下 ☒

釋義：「報紙」是用一定的名稱，按一定時間發行的出版物。

「低頭」本義指把頭垂下來，也可表示屈服、沉思或喪氣的樣子。

「底下」本義指下面，「底」指最下面的部分。

辨析：「紙」、「低」、「底」等字，很多人常常分不清甚麼時候寫「氏」，甚麼時候寫「氐」。區別就在一點上，「氐」下面的點表示指示符號，因此「低」、「底」都與下面有關。「紙」與下面的意思無關，所以寫作「氏」。

例句：1. 媽媽找來卡紙，和我一起做手工。

2. 你看他低頭歎氣的樣子，發生甚麼事了？

3. 小狗在餐桌底下鑽來鑽去，找骨頭吃。

一 下面的迷宮需要沿着書寫正確的字才能走出，試一試吧！

二 下面的四字詞語缺了部件，請你把它們填上吧！

1.

| 海 | 广□ | 撈 | 針 |

2.

| 高 | 亻□ | 不 | 平 |

3.

| 白 | 糹□ | 黑 | 字 |

4.

| 井 | 广□ | 之 | 蛙 |

建設 ☑   建設 ✗

釋義：指創建事業或增添設施。

辨析：「建」金文寫作 ![建]，好像手持工具站在牆角築牆一樣，後來「𦥑」寫作「　」，表示建造的意思，引申為成立、提出的意思，如：「建立」、「建設」。

例句：1. 這座教堂建造得十分宏偉氣派。

2. 經過多年的建設，這座城市已經非常現代化了。

歌唱 ☑   歌唱 ✗

釋義：發聲唱歌。

辨析：「歌」從「欠」，「欠」作偏旁一般與呵氣或聲音有關，「歌」就是唱的意思，後來也指音樂的曲調，如：「民歌」、「流行歌曲」等。

例句：1. 是誰在樹林裏唱歌？聲音那麼悅耳動聽。

2. 這位歌手獲得了本次音樂會的大獎。

舞蹈 ☑   舞蹈 ✗

釋義：一種藝術形式，為人體配合音樂或節奏所作的各種動作。

辨析：「蹈」從「𧾷」，「舀」表讀音。「舀」本是會意字，大篆寫作 ![舀]，上為「爪」，下為「臼」，好像伸手掏取的樣子。部首為「舀」的字還有「稻」、「滔」等。

「臽」，篆文寫作 ![臽]，好像人掉進了坑裏。「陷」就是表示掉落的意思。「臽」也多表示讀音，如：「焰」、「餡」等。

例句：1. 當地居民圍着熊熊燃燒的火焰，跳起了歡快的舞蹈。

2. 我們放眼望去，遠處的稻田像一塊塊碧綠的地毯。

一 在方格內分別填上相應的部首「欠」、「攵」，完成下面的詞語。

1. 哥□唱　　　　2. 方□學

3. 飲□料　　　　4. 孝□室

5. 叫□氣　　　　6. 勇取□

7. 柔軟□　　　　8. 收□穫

二 將下面的字分別加上部首「　」或「　」，並將對應的字連起來組成詞語。

1. □聿　　•　　　•　□艮

2. □丸　　•　　　•　□告

3. □隹　　•　　　•　□犀

4. □正　　•　　　•　□兆

5. □臼　　•　　　•　□束

落後 ☑   落後 ☒

釋義：「落後」指居他人之後，或處於標準以下。

辨析：「落」的本義指草木的葉子掉下來，所以從「艸」旁，「洛」為聲旁。

例句：1. 你要努力，不然這次考試就要落後了。

2. 飛行了十多個小時後，飛機平穩地降落了。

薄弱 ☑   薄弱 ☒

釋義：「薄弱」指單薄，不雄厚，不堅強。

辨析：「薄」的本義是指草木叢生的地方，跟水沒有關係，所以是「艸」旁，不是「氵」旁。後來引申指矮的、不高的、不厚的，如：「薄弱」、「單薄」、「稀薄」。

例句：1. 雪山頂上空氣稀薄，有的人不得不靠吸氧才能走動。

2. 意志力薄弱的人，怎麼可能堅持爬到頂峯？

3. 這裏的冰面太薄了，不能在上面行走。

滿意 ☑   滿意 ☒

釋義：符合心意。

辨析：「滿」本義指水過多溢了出來，所以偏旁為「氵」，左右結構，不能誤寫為上下結構。還要注意的是「滿」字右上部為「廿」，不要寫成「艹」。

例句：1. 媽媽對我這次考試的成績很滿意。

2. 弟弟對很多事情都充滿了好奇。

96

選拼圖

一 下面的拼圖怎樣拼才是對的？在正確拼圖旁邊的括號內加✓。

1. A.  （　　） B.  （　　）

2. A. 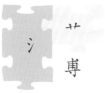 （　　） B.  （　　）

3. A. （　　） B. 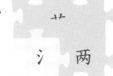 （　　）

填一填

二 下面的詞語中，有的字丟了筆劃，試補上缺失的部件，使漢字變得完整。

1.
| 水 | | 石 | 出 |

2.
| 厚 | | 不 | 均 |

3.
| | 地 | 生 | 根 |

觀察 ☑️　　　觀察 ❌

釋義：「觀察」指仔細觀看。

辨析：「察」，從「宀」從「祭」；「宀」表示屋內，「祭」是古代拜鬼神的活動，金文寫作 𥙊，「夕」代表肉，以手拿肉祭拜神靈。由於祭拜鬼神活動非常重大，需要反復查看以確保不出現錯誤，這就是「察」的本義。

例句：1. 美兒正在仔細觀察蠶寶寶是怎樣吃桑葉的。
2. 警察把整棟大樓包圍了起來。

向日葵 ☑️　　向日葵 ❌

釋義：植物名，因其花常朝着太陽而得名。也稱為「葵花」、「朝陽花」。

辨析：「葵」，從「艹」從「癸」。「癸」甲骨文寫作 𦈢，可以看作指向各種方向，向日葵是追逐太陽方向的植物，所以下面是「癸」，不是「祭」。

例句：1. 向日葵的花朵像一個個大大的圓盤。
2. 田野裏種着許多向日葵，向着太陽露出笑臉。

登山 ☑️　　　登山 ❌

釋義：爬山。

辨析：「登」，大篆寫作 𤼲，上面兩個「止」表示腳，字形像腳踏上車的樣子，「登」的本義指上車。後來「屮」（雙腳）變形寫成了「　」，注意不要寫成「夶」。

例句：1. 我們費了九牛二虎之力才登上了山頂。
2. 這支登山隊由業餘愛好者組成，經常組織登山活動。

一 圈出下面括號內正確的字。

> 1. 無邊無（際　際）
>
> 2. 仔細觀（察　察）
>
> 3. 火山爆（發　發）
>
> 4. 向日（葵　葵）
>
> 5. （擦　擦）洗乾淨

加法算式

二 把下面的「登」字與不同的部首相加，看得到甚麼字，並用這個字在括號內組詞。

> 1. 登 + 火 = ☐ （　　　　）
>
> 2. 登 + 木 = ☐ （　　　　）
>
> 3. 登 + 目 = ☐ （　　　　）
>
> 4. 登 + 氵 = ☐ （　　　　）

懲罰 ☑　　　懲罸 ☒

釋義：處分犯罪、犯錯誤的人。

辨析：「罰」是會意字，「罒」代表網住，抓住犯罪或犯錯誤的人，「言」表示用語言審判，「刂」代表用刀具處分；所以不可以寫作「寸」。

例句：1. 志偉發脾氣打破了玻璃杯，受到了媽媽的懲罰。
　　　2. 小狗因為咬壞了主人的鞋，被主人懲罰了一頓。

假裝 ☑　　　假裝 ☒

釋義：故意表現出某種動作、表情或情況來掩飾真相。

辨析：「假」的右邊為「叚」，不要誤與為「叚」。「殳」甲骨文寫作 𝔞，字形像一隻手持着一個大錘，作部首時多與兵器有關，如：「投」、「毆」等。

例句：1. 暑假到了，我們一家要去加拿大旅行。
　　　2. 弟弟假裝哭的樣子，把手捂在臉上偷偷地看大人們的反應。

吉祥 ☑　　　吉祥 ☒

釋義：「吉祥」表示幸運、吉利。

辨析：「吉」甲骨文寫作 𝔞，上面表示兵器，下面表示盛放兵器的器具，合起來表示把兵器盛放入器具中不用，以減少戰爭，使人民沒有危難；因此「吉」代表美好和幸福。上面是「士」，不是「土」。

例句：1. 我們給爺爺拜年，祝他新年快樂，吉祥如意。
　　　2. 龍被中國人視為吉祥的動物。
　　　3. 在中國，8 被認為是一個非常吉利的數字。

一　下面的字應該加「土」還是「士」？在方格內填出來。

1. ☐ 氣　　　2. ☐ 祥　　　3. 强 ☐

4. 茶 ☐　　　5. ☐ 福　　　6. ☐ 廟

二　下面的字應該加「殳」還是「𠬶」？在方格內填出來。

1. 作 ☐ 期　　　2. 朝 ☐　　　3. 宮 ☐

4. 毀 ☐ 滅　　　5. 一 ☐　　　6. 扌 ☐ 籃

三　在下面句中的橫線上填上適當的字。

1. 同學們正在你一言，我一語地 ＿＿＿＿ 論春遊的計
劃。

2. 弟弟打碎了玻璃還向媽媽撒謊，因此受到了懲
＿＿＿＿。

3. 狐狸總是花言巧語欺騙別人，小動物們都很
＿＿＿＿ 厭他。

黃昏 ☑   黃昏 ☒

釋義：太陽將落，天快黑的時候。

辨析：「黃」本義指土地的顏色，由「廿」與「東」組成，上面不是「艸」，下面是「東」，不是「由」，不要漏掉「一」。

例句：1. 黃昏時分，田野上籠罩着淡淡的煙霧。
2. 弟弟不愛刷牙，牙齒變得越來越黃了。

朗讀 ☑   朗讀 ☒

釋義：高聲地誦讀詩文。

辨析：「朗」本義指明亮，形旁為「月」，聲旁為「良」，但「良」作偏旁時變形為「良」，不要寫作「良」。

例句：1. 同學們在課室裏大聲地朗讀課文。
2. 晴朗的夏夜，螢火蟲在田野、樹叢裏飛來飛去。

茂盛 ☑   葳盛 ☒   盛 ☒

釋義：形容植物生長得好，茂密繁盛。

辨析：「茂」是形聲字，「艸」為形旁，「戊」為聲旁。「戊」裏面沒有一點，也沒有「丁」。

例句：1. 在園丁的辛勤勞作下，花園裏的花草長得十分茂盛。
2. 小鳥們在茂密的枝葉裏歡快地歌唱。

温暖 ☑   温曖 ☒

釋義：指温度暖和，也指使人感到暖和。

辨析：「暖」從「日」，指温度不冷也不熱。字右部是「爰」，學生容易受「愛」字影響，寫成「曖」。「暖」字下部為「友」。

例句：1. 一放學，妹妹便撲進了媽媽温暖的懷抱裏。
2. 春天來了，天氣變得暖和起來。

一 你知道帶「廿」的字有哪些嗎？在方格內補上未完成的部件。

1. 　　指一種顏色。

2. 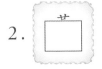　　指一種鳥的名字。

3. 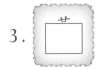　　指去毛且經過加工處理的獸皮。

二 選擇正確的部件，填在方格內。

1. A. 　　　B.

2. A. 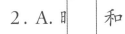　　　B.

3. A. 　　　B.

親切 ☑️　　　親切 ☒

釋義：和善熱誠。

辨析：「切」是形聲字，「刀」為形旁，「𠀎」作聲旁，表示用刀把物品分開。記住「𠀎」表示讀音，就不容易誤寫成「土」了。

例句：1. 聽到媽媽親切的聲音，家偉一下子就放心了。

2. 媽媽把放在冰箱裏的西瓜取出來，切成幾塊給大家吃。

敲打 ☑️　　　敲打 ☒　　　敲打 ☒

釋義：指擊、叩。

辨析：「敲」從「攴」，音「撲」，甲骨文寫作「𣝣」，像一隻手拿着一根小棍，表示輕輕地擊打。不能寫作「殳」，或「支」。

例句：1. 雨越下越大了，雨點不停地敲打着玻璃窗。

2. 他敲了敲門，等了半天也沒見有人來開門。

水滴 ☑️　　　水滴 ☒

釋義：「水滴」指向下落的水點。

辨析：「滴」的聲旁是「啇」，「啇」字裏面是「古」，而不是「𠯳」，要與「商」字區分開。

「商」字裏面有「口」，表示要用嘴來說話，「商」字很少用作偏旁。

例句：1. 小水滴無聲無息地落入了大海，再也看不見了。

2. 夏天來了，我們到荔枝林裏去採摘荔枝。

3. 姊姊將墨水滴在衣服上，這可怎麼辦呀？

連一連

一 將下面的部件與部件用線連起來，並在括號內組詞。

1. 刀 •　　•𠂤　　⟶　（　　　）

2. 音 •　　•工　　⟶　（　　　）

3. 力 •　　•土　　⟶　（　　　）

4. 壹 •　　•攴　　⟶　（　　　）

5. 高 •　　•攵　　⟶　（　　　）

6. 方 •　　•支　　⟶　（　　　）

動腦筋

二 在下面的空格內填入適當的漢字，使它們按編號順序成為一個成語。

成語釋義：比喻做事情能堅持下去，
必定會成功。

105

毀滅 ☑　　　毀滅 ☒

釋義：破壞、消滅。

辨析：「毀」字左邊的「臼」與「土」合起來表示瓦器，「殳」表示兵器，意思是將瓦器打碎，表示缺損，損壞，「土」不可寫作「工」。

例句：1. 真的會有外星人存在嗎？他們真的會毀滅地球嗎？
2. 你不要再亂寫亂畫了，毀壞公共財物是要賠償的。

腳步 ☑　　　腳步 ☒

釋義：行走時所移動的步子。

辨析：「阝」由「邑」字變形而來，「邑」字與城市有關，因此從「阝」的字，本義多與城鎮、地名相關，如：「都」、「郊」、「邦」等。

「卩」像人下跪的樣子，即腿骨節屈曲的樣子，因此從「卩」的字多與腳的活動有關。

例句：1. 她獨自在黑黑的街道上走着，越想越害怕，不由得加快了腳步。
2. 哥哥的腳在踢足球時受傷了，不能行動。

刺痛 ☑　　　刺痛 ☒

釋義：像針紮入皮肉般的疼痛。

辨析：「刺」左邊為「朿」，甲骨文寫作「𣏃」，好像一棵樹上「木」長滿尖刺「↑」。表示紮入，用尖利的東西戳，如：「刺傷」、「刺殺」，引申為尖銳的東西，如：「魚刺」等。

「剌」左邊為「束」，甲骨文「𣏃」在木上加圈，像用繩索把木柴捆起來。

例句：1. 不好了，弟弟不小心被魚刺卡到喉嚨了。
2. 聽了這些話，她的心一下子被刺痛了。

填一填

一 根據詞意，下面的字分別在方格內填上「土」、「工」。

1. 脖 □ 頸
2. □ 毀 滅
3. 使 □ 勁

動腦筋

二 下面的字都可以與「腳」組成成語，看看你能寫出幾個。

實	從	四	手
天	忙	頭	踏
亂	朝	地	到

動腦筋

三 下面的部件可以組合成甚麼字？將它組成詞語，寫在方格內。

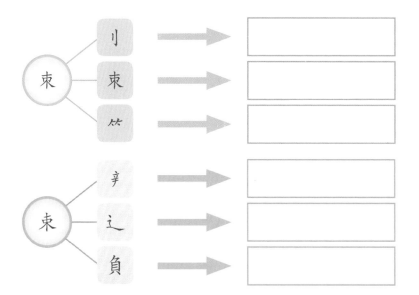

燕子 ✓　　　燕子 ✗

釋義：鳥類的一種，春向北飛，秋往南飛，飛行時捕食昆蟲，對農作物有益。

辨析：「燕」，甲骨文寫作「㿬」，後來鳥頭和鳥嘴寫作「廿」，翅膀寫作「北」，尾巴寫作「灬」。「燕」字上部不可寫作「艸」，與草木沒有關係。

例句：1. 一隻燕子飛到屋檐上搭了一個窩。
2. 海燕在波濤洶湧的大海上勇敢地飛翔。

旅行 ✓　　　旅行 ✗

釋義：去外地行走。

辨析：「旅」，甲骨文寫作「㫃」，像眾人站在旗下，表示眾人，即士兵。古代軍隊五百人為一旅，後來泛指軍隊。如：「軍旅」；現在把出行、在外作客的都稱為「旅」，如：「旅行」、「旅客」。

例句：1. 讀書和旅行都能使人心胸開闊，增長見識。
2. 他們在城裏找到一家旅館住下，準備第二天再去參觀。

脖子 ✓　　　脖子 ✗
生機勃勃 ✓　　　生機勃勃 ✗

釋義：「脖子」指頭和軀幹相連接的部分。
「生機勃勃」形容充滿生氣活力，生命力旺盛。

辨析：「脖」與「勃」都有相同的部件「孛」。「孛」上部是「十」，中間為「冖」，下面是「子」。不要將「十」誤寫為「士」。

例句：1. 媽媽的脖子上掛着一串漂亮的項鏈。
2. 清晨，花園裏百花盛開，一派生機勃勃的景象。

一 在下面的方格內填入恰當的漢字，使之與後面的字組成
  詞語。

搭積木

二 下面的漢字積木可以分別搭成哪些字？試在下面的方框
  內試搭一下。

忘記 ☑　　　忘記 ☒

釋義：指不記得。

辨析：「忘」，由「亡」+「心」組成。「亡」意為消失、失去，「心」指心志，「亡」與「心」聯合起來表示喪失心志，意思指不記得。不可加點。

例句：1. 媽媽提醒我不要忘記給花兒澆水。
2. 家文走到學校，才發現自己忘記帶語文課本了。

荒涼 ☑　　　荒涼 ☒

釋義：形容曠野無人的景況。

辨析：「荒」的本義是指長滿野草的田地，故從「艸」。最容易弄混的是「㡀」字不帶點，可以用歌謠來幫助記憶：

　　河裏漲大水「巛」，

　　家毀人也「亡」，

　　野草長滿田「艸」。

例句：1. 這座島上的人早就搬走了，島上一片荒涼。
2. 人們在這片荒地上種上了糧食，慢慢將這裏變得生機勃勃起來。

流傳 ☑　　　流傳 ☒

釋義：傳播流行。

辨析：「流」字常令學生困惑是帶點還是不帶點，我們可以用歌訣來幫助記憶：

　　三點水「氵」，點橫頭「亠」，轉個彎來碰石頭「厶」，分成三條小溪流「巛」。

例句：1.《嫦娥奔月》的故事從古代一直流傳到現在。
2. 你知道現在最流行的歌曲是甚麼嗎？
3. 同學們在太陽底下踢球，都流了不少汗。

一 下圖中藏了一些與「忘」字有關的成語，試圈出它們。

過	流	連	忘	返
目	廢	寢	得	意
不	忘	忘	食	忘
念	念	不	忘	形

二 下面的字都少了部件，將「亡」與「去」填在方格內。

1. 忄□張

2. □涼

3. 說誎□

4. 培□月

5. 氵□動

6. 木□頭

7. 輸□贏

8. 迷□

9. □目人

10. □元滿

11. 放□某

12. 糹□治

抓住 ☑ 　　抓住 ☒

爬行 ☑ 　　爬行 ☒

釋義：「抓住」指捉住。

「爬行」指手和腳着地行走。

辨析：「爪」很像鳥獸的腳趾往下抓的樣子，因為「抓」與「爬」都要用手腳，所以用「爪」。

「瓜」兩邊像瓜蔓，中間是果實，組的字也與果實有關，如：「瓢」、「孤」。

例句：1. 狡猾的狐狸抓住了獵物，得意地跑了。

2. 從山上往下看，汽車像一隻隻甲蟲在公路上爬行。

街道 ☑ 　　街道 ☒

釋義：供人、車通行的道路。

辨析：「街」，從「行」，中間是「圭」，意思指四路相通的大道。要記住「街」字是將「行」字分拆成兩半，中間夾一個「圭」字。右邊的「于」不要寫成「示」。

例句：1. 節日裏的街道到處張燈結綵，熱鬧極了。

2. 街頭有一家專賣魚蛋的小店，生意十分好。

工具 ☑ 　　工具 ☒

釋義：工作時所用的器具。

辨析：「具」，金文寫作「𣓤」，下面是雙手，表示雙手捧着盛有食物的餐具。注意「具」字裏面是三橫，不要只寫作兩橫。

例句：1. 爸爸拿來工具修理漏水的龍頭。

2. 我們去書店裏買了一些文具和圖書。

填一填

一 在下面方格中分別填上「爪」或「瓜」字。

1. 扒□住樹枝

2. □巴行的

3.  青蛙□□叫

4. 犭□獨的  狐□狸

想一想

二 看看下面的圖中的部件可以組成多少漢字。

一 下面的迷宮按正確的字才能走出去，試一試吧！

玩皮	常久	公圓	在見
狐貍	以為	克服	再見 →出口
明白	彩虹	成認	廢物
入口→氣球	忘記	紀律	樹根
剛材	已後	記念	景式

二 下面的廣告牌各有一些錯別字，你能把它們圈出來，並且改正嗎？

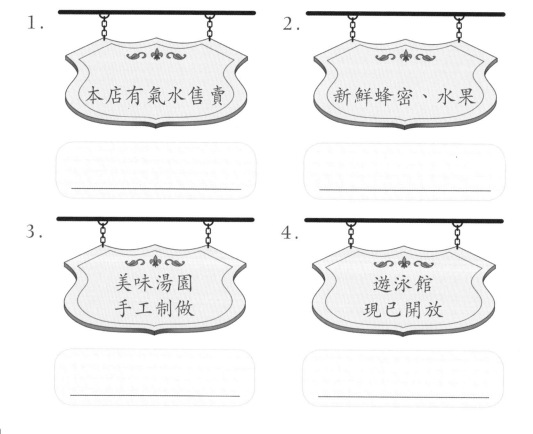

1.
本店有氣水售賣

_____

2.
新鮮蜂密、水果

_____

3.
美味湯圓
手工制做

_____

4.
遊泳館
現已開放

_____

三 下面的明信片，該投到哪個郵箱裏？用線把它們連起來。

1. A. 甜 •
   B. 祕 •
   C. 保 •

   • 密

   • 蜜

2. A. 剛 •
   B. 鋼 •
   C. 藥 •
   • 才
   • 材

3. A. 浪 •
   B. 花 •
   C. 作 •

   • 廢
   • 費

4. A. 時 •
   B. 王 •
   C. 等 •

   • 侯

   • 候

5. A. 隊 •
   B. 強 •
   C. 排 •
   • 烈
   • 列

6. A. 美 •
   B. 巧 •
   C. 分 •
   • 秒
   • 妙

四 將下面拼圖中能組成正確詞語的字塗上相同的顏色。

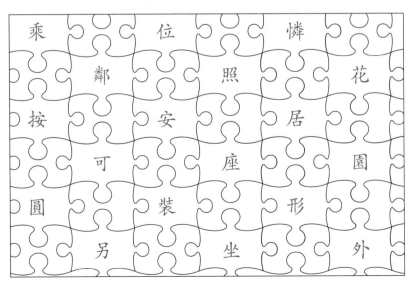

乘	位	憐
鄰	照	花
按	安	居
可	座	園
圓	裝	形
另	坐	外

五 把下面的水果分別放在適當的果籃內，填上正確的字。

1. 碼頭上停靠着各 各樣的船。

2. 妹妹把圖中的娃娃塗上了她喜歡的顏 。

3. 等我們趕到電影院的時候，電影 經開始了。

4. 等飛機平穩降落 後，乘客們都鬆了一口氣。

5. 媽媽說番茄炒雞蛋這道菜的 法其實很簡單。

6. 這是我的手工 品，怎麼樣，還不錯吧？

7. 我鼓起勇  走上前，讓醫生給我打針。

8. 我們看見一輛輛 車在青馬大橋上奔馳，形成了一條長長的車龍。

六 根據下面句子的意思選出正確的字，把旗子塗上喜歡的
　顏色。

1. 大家都在耐心地排隊等　侍　　待　巴士的到來。

2. 爸爸手裏拿着一　分　　份　報紙，走了進來。

3. 同學們把自己親手　制　　製　作的賀卡送給老
　師。

4. 一聽到門鈴響，小狗立　刻　　克　從沙發後面
　跳了出來。

七 家偉在筆記本上記下了家人的活動，可是有些字寫錯了，
　請你幫他找出來，並更正吧！

1. 每天放學回家，　　更正：（　　）（　　）
　我總是先作功課
　在玩。

2. 爸爸送奶奶去醫　　　　（　　）（　　）
　院作建康檢查。

3. 爺爺每天早上都　　　　（　　）（　　）
　會去花圓裏散步。

4. 吃晚飯的時侯，　　　　（　　）（　　）
　玩皮的小狗跑來
　跑去。

綜合練習二

一 圈出下列四字詞語中正確的字。

1. (安　按)裝機器　　2. 甜言(密　蜜)語

3. 山(青　清)水秀　　4. (制　製)訂計畫

5. (成　承)認錯誤　　6. 批(准　準)加入

二 圈出下面詞語中的錯別字，在後面的橫線上寫出正確的
　 答案。

1. 腦　怒 _____　　2. 建　康 _____

3. 經　曆 _____　　4. 安　時 _____

5. 敘　集 _____　　6. 蜜　切 _____

7. 智　惠 _____　　8. 美　秒 _____

三 根據下面句子的意思圈出正確的字。

1. 飛行員們高超的飛行(枝　技)藝使全世界的觀
　 眾都驚嘆不已。

2. 我向球場上的哥哥(輝　揮)手，希望他能看到
　 我。

3. 幾個小國家決定(聯　邊)合起來對抗大國的侵
　 略。

4. 由於長時間沒有澆水，陽台上的花草都(幹　乾)
　 枯了。

四 將適當的字填在詞語的括號內。

1. 效　郊
   A. （　　）外　　　　B. （　　）果
   C. 城（　　）　　　　D. 有（　　）

2. 仿　訪
   A. （　　）問　　　　B. 拜（　　）
   C. （　　）造　　　　D. 模（　　）

3. 氣　汽
   A. 空（　　）　　　　B. （　　）車
   C. （　　）油　　　　D. 生（　　）

4. 列　烈
   A. （　　）車　　　　B. 排（　　）
   C. 強（　　）　　　　D. （　　）火

五 在下面的句子中圈出正確的詞語。

1. （深籃　深藍）的天空中掛着一輪（園月　圓月）。

2. 爺爺（以經　已經）六十多歲了，卻（好象　好像）
   年輕人一樣充滿活力。

3. 這次（考試　考試）很難，我有好幾道（問提
   問題）都答不上來。

4. 父母每日（辛苦　幸苦）工作，是為我們家的生
   活更加（辛福　幸福）。

5. 這間小庭院真是又（乾淨　乾靜）又（安淨
   安靜）。

6. 這把寶劍歷經千年仍非常（蜂利　鋒利），令人
   （贊歎　讚歎）。

六 圈出有錯別字的詞語，並在方格內改正。

1. 城市　　舞蹈　　憐居　　　　□

2. 侍候　　駝烏　　孤獨　　　　□

3. 謎語　　訪冒　　海綿　　　　□

4. 貪困　　貧窮　　時候　　　　□

5. 紀念　　記錄　　記律　　　　□

6. 鬆馳　　聯想　　光輝　　　　□

七 在句子的空格內填上合適的部件。

1. 今天是大年 □刀 一，我們要去給爺爺奶奶拜年。

2. 妹妹正在大聲地 □月 讀剛學過的課文。

3. 從高處看，汽車像小甲蟲一樣在道路上 □巴 行。

4. 媽媽覺得這禮物太 □貝 貴了，我們不能收下。

5. 爸爸 □加 駛着車子，向海灘開去。

6. 你知道人類的 □且 先是從哪裏來的嗎？

7. 小鳥一對淡黃色的爪子，緊緊地扌□ 住樹枝。

八 在下面的段落中分別填入適當的漢字。

在　再　園　圓　玩　頑

　　阿華和小明一起到公1.(　　)裏2.(　　)耍。他們坐3.(　　)石凳上畫畫，4.(　　)草坪上看書，5.(　　)假山邊捉迷藏，6.(　　)得很開心。他們揮手7.(　　)見時約定下次8.(　　)來這裏9.(　　)耍。

九 這是欣怡的一篇日記，可是有些字寫錯了，請你幫她找出來，並更正在括號內。

10月20日晴　　　　　　　更正：(　　　　)

1. 令天，哥哥帶我一起去打藍球。　　更正：(　　)(　　)

2. 哥哥先教我運球，可我煉習了很久，扔然不會。　　(　　)(　　)

3. 汗水直往下滴，我覺得太幸苦了。　　(　　)(　　)

4. 哥哥告訴我，面對困難，不要害拍。　　(　　)(　　)

答案

P7
一 1. 紅　2. 紅　3. 紅　4. 紅　5. 虹
二 早已；以後；以為；已經

P9
一 道；道；道道；到到；到
二 茫茫；芒；芒
　　忙；忙；忙；忙；忙；忘

P11
一
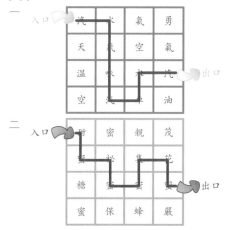
二

P13
1. 材　　2. 才　　3. 式
4. 式；色　5. 頑；玩　6. 玩

P15
一 1. 完　　　　2. 圓
二 元；圓；完；圓；園；園；完；員；圓

P17
1. 遊　　　　2. 游
3. 刻；克　　4. 費
5. 刻

P19
一 1. 犭；艮；狼　2. 彳；艮；很
3. 忄；艮；恨　4. 跱；艮；跟
二 1. 明珠　　　2. 花名冊
三 1. 雙　2. 雙　3. 雙　4. 相
5. 雙

P21
一 1. A. 曆　　B. 歷　　C. 歷
　　D. 曆　　E. 曆　　F. 歷
2. A. 報　　B. 佈　　C. 報
　　D. 佈　　E. 報　　F. 報
二 1. 農曆　2. 歷史　3. 佈置

P23
一 1. A. 做　　B. 造　　C. 造
　　D. 造　　E. 做　　F. 做
2. A. 流　　B. 流　　C. 留
　　D. 流　　E. 流　　F. 留
二 晴；晴；清；青；情

P25
一
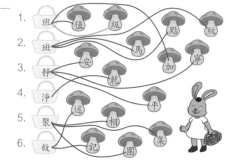
二 1. 風平浪靜　　2. 聚會
3. 一乾二淨　　4. 雀斑

P27
一 1. 提　　2. 提　　3. 題
4. 盤　　5. 盆　　6. 盤
二 1. 記者向他提了幾個問題，他都沒有回答。　　　　　　　　　　　（ 題 ）
2. 這座新建的大橋將於今年五月題前完工。　　　　　　　　　　　（ 提 ）
3. 服務生小心地捧出一個茶盆，走了出來。　　　　　　　　　　　（ 盤 ）
4. 公園裏的盤景展吸引了許多市民前來觀看。　　　　　　　　　　（ 盆 ）
5. 媽媽情願自己辛苦，也不想讓我們受苦。　　　　　　　　　　　（ 情 ）

P29
一 1. 止　2. 只　3. 斷　4. 段
5. 慌　6. 荒　7. 謊

P31
一 1. 細；累　　2. 加；另
3. 忘；忙
二 （答案僅供參考）
一心一意；三心二意；全心全意；
誠心誠意；好心好意

P33
一 1. 宮廷戲；廷　2. 家庭影院；庭
3. 聯鎖店；連　4. 連合國；聯
5. 連聯電話；聯　6. 電視聯續劇；連
二 1. 脾氣　　　　2. 庭院
3. 對聯　　　　4. 聯合
5. 連忙　　　　6. 接二連三

P35

1.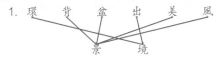
環　背　盆　出　美　風
　　　　景　　境

2.
　　　景　　竟
然　色　物　敢　觀　點

3.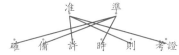
　　　准　　準
確　備　許　時　則　考證

P37

一　1. 從頭　　2. 重複　　3. 適合
　　4. 適當　　5. 好像　　6. 圖像
二　1. 適　　　2. 像　　　3. 從
　　4. 從　　　5. 重

P39

一　1. 搞　　　2. 攪　　　3. 複
　　4. 復　　　5. 複　　　6. 復
二　1. 複　　　2. 複　　　3. 復復
　　4. 復

P41

一（答案供參考）
　　1. 烈（強烈）　　2. 裂（裂縫）
　　3. 例（例句）　　4. 咧（咧嘴）
二　1. A. 仿　　　B. 紡　　　C. 房
　　　D. 彷　　　E. 防

P43

一　1. 馬　　　2. 木　　　3. 木
　　4. 弓　　　5. 馬　　　6. 馬
　　7. 車　　　8. 彗　　　9. 車
二　1. 飛馳　　2. 吵架　　3. 智慧
　　4. 優惠　　5. 馳名中外

P45

一　1. 驕氣；嬌　　2. 嬌傲；驕
　　3. 驕生慣養；嬌　4. 直日生；值
　　5. 值升機；直　　6. 搭續木；積
　　7. 考試成積；績　8. 績少成多；積
　　9. 績累經驗；積

P47

1. 西爪汁；瓜　2. 鳥冬麵；烏

3. 銷量弟一；第

P49

P51

1. 按裝説明書；安
2. 報紙每分6元；份
3. 名刀系列持久蜂利；鋒
4. 純天然鋒蜜；蜂
5. 客戶優先按排；安
6. 廣告時間三份鐘；分

P53

1. 記號；忘記　　　　2. 筆記本；記錄
3. 記性；忘記　　　　4. 氣候；候鳥
5. 猴子；時候　　　　6. 候機大廳；等候

P55

一　1. 幸　2. 辛　3. 貧　4. 貪
二　渴；喝；渴；喝；喝

P57

一　1. 謎　　2. 迷
二　1. 掙錢　2. 爭取　3. 修建　4. 健美
　　5. 着迷　6. 昏迷
三　扌；目；竹

P59

一　1. 用；集；取　　2. 理；比
二　1. 誌　　　2. 志　　　3. 採
　　4. 采　　　5. 評　　　6. 平

P61

一　1. 令年；今　　　2. 命今；令
　　3. 迷官；宮　　　4. 宮員；官
　　5. 幻稚園；幼　　6. 幻小；幼
二　1. 今；令　2. 今；令　3. 宮；官
　　4. 官；宮　5. 幼；幻

P63

一　1. 玻　2. 坡　3. 波／被
　　4. 破　5. 波

二 1.
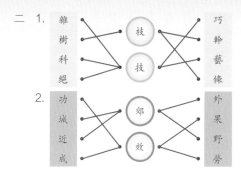

P65
一 1. 綿綿 2. 棉 3. 棉 4. 綿
二 ㊟名：：姓名　　㊟別：：性別

P67
一 1. 鳥 2. 馬 3. 虫
　 4. 扌 5. 扌 6. 食
二 1. 駱駝 2. 拼盤 3. 鴕鳥
　 4. 拼圖 5. 餅乾

P69
一 1. 做動㊟ 作 2. ㊟功課 做
　 3. ㊟手工 做 4. 小製㊟ 作
　 5. 不㊟淨 乾 6. 吃餅㊟ 乾
　 7. 真能㊟ 幹 8. 葡萄㊟ 乾
二 1. 到 2. 作 3. 幹
　 4. 乾 5. 倒 6. 倒

P71
一 1. 豆㊟餅（沙） 2. 真可㊟（憐）
　 3. 皮沙發（✔） 4. 撲克牌（✔）
　 5. ㊟個空（撲） 6. 沙塵暴（✔）
二 1. 面紗 2. 撲救 3. 撲通
　 4. 撲騰 5. 鄰里 6. 可憐

P73
一 1. A. 詩　　B. 時　　C. 待　　D. 持
　 2. A. 跟　　B. 很　　C. 根　　D. 狠
二 1. 家裏來客人了，媽媽熱情地招㊟他
　 們。　　　　　　　　　　　　　（待）
　 2. （✔）
　 3. 餐廳裏幾位㊟應生正忙着招待客人。
　 　　　　　　　　　　　　　　　（侍）
　 4. （✔）　　　 5. （✔）
　 6. 自動駕駛汽車不需要司機，全由電腦
　 控㊟。　　　　　　　　　　　（制）
　 7. （✔）

P75
一（答案供參考）
　 1. 困（困難） 2. 鳥（小鳥）
　 3. 令（命令） 4. 衰（衰老）

二 1. 那 2. 哪；哪
　 3. 哪 4. 哪；哪

P77
一 1. 往 2. 住 3. 彎 4. 灣
二 1. 傍 2. 彎 3. 灣 4. 旁

P79
　 1. 枝 2. 枝 3. 攤 4. 攤
　 5. 支 6. 顆 7. 棵；顆

P81（答案僅供參考）
　 1. A. 跨步　 B. 腳趾　 C. 因此　 D. 經歷
　 2. A. 泰山　 B. 綠色　 C. 記錄　 D. 黎明

P83
一 1.
　 2.

二 1. 窗 2. 聰 3. 總 4. 葱
三 1. ㊟樣；式 2. ㊟器；武
　 3. 考㊟；試 4. ㊟煙；戒

P85
一 1. 九 2. 乙 3. 乙 4. 九
　 5. 乙 6. 九
二 昂；仰；柳；迎
三 1. 晨；晨光 2. 展；展開
　 3. 畏；畏懼

P87
一 1. 蔑 2. 皮 3. 庫 4. 君
二（答案供參考）
　 幸福；社會；祖先；視線；吉祥；神仙

P89
一 1. 孑；孓 2. 攵 3. 孑
　 4. 攵 5. 孓
二 燈火輝煌；金碧輝煌；輝煌奪目
三 1. 其；A 2. 隻；C 3. 其；B

P91
一 1. 陽 2. 場 3. 揚 4. 場
　 5. 楊 6. 腸
二 1. 考 2. 烤

124

P93

一

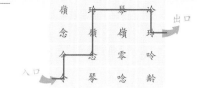

二 1. 氐 2. 氐 3. 氐 4. 氐

P95

一 1. 欠 2. 3. 欠 4.
　5. 欠 6. 7. 欠 8.

二
1. 聿 — 艮
2. 凡 — 告
3. 隹 — 犀
4. 正 — 兆
5. 皀 — 柬

P97

一 1. B 2. B 3. A
二 1. 洛 2. 溥 3. 洛

P99

一 1. 際 2. 察 3. 發 4. 葵
　5. 擦
二（答案僅供參考）
　1. 燈；燈光 2. 橙；橙子
　3. 瞪；瞪眼 4. 澄；黃澄澄

P101

一 1. 士 2. 士 3. 士 4. 士
　5. 士 6. 士
二 1. 殳 2. 殳 3. 殳 4. 殳
　5. 殳 6. 殳
三 1. 討 2. 罰 3. 討

P103

一 1. 㪳 2. 燕 3. 申
二 1. 自；良 2. 爰；爰 3. 戊；戊

P105

一
1. 刀 — 士 ⇒ （親切）
2. 音 — 工 ⇒ （功勞）
3. 力 — 土 ⇒ （培養）
4. 亩 — 攴 ⇒ （敲門）
5. 高 — 夂 ⇒ （放開）
6. 方 — 支 ⇒ （鼓動）

二 1. 滴 2. 水 3. 石 4. 穿

P107

一 1. 工 2. 土 3. 工
二 腳踏實地；手忙腳亂；四腳朝天
三（答案僅供參考）
　1. 刺激；紅棗；策劃
　2. 辣椒；速度；無賴

P109

一 1. 旅 2. 派
二 孛、脖、勃、肋

P111

一

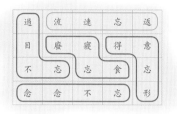

二 1. 亡 2. 亡 3. 亡 4. 六
　5. 六 6. 六 7. 亡 8. 亡
　9. 亡 10. 六 11. 六 12. 六

P113

一 1. 爪 2. 爪 3. 瓜；瓜
　4. 瓜；爪
二 街；鞋；卦；掛；行；佳；娃

綜合練習一

一

二 1. 本店有氣水售買；汽
　2. 新鮮蜂密、水果；蜜
　3. 美味湯圓 手工制做；圓；製
　4. 遊泳館現已開放；游

三

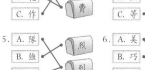

1. A. 甜 B. 祕 C. 保 — 密 蜜
2. A. 剛 B. 鋼 C. 葉 — 才 材
3. A. 浪 B. 花 C. 作 — 廢 費
4. A. 時 B. 王 C. 等 — 侯 候
5. A. 隊 B. 強 C. 排 — 烈 列
6. A. 美 B. 巧 C. 分 — 秒 妙

3. 汗水直往下滴，我覺得太幸苦了。
滴；辛
4. 哥哥告訴我，面對困難，不要害拍。
訴；怕

四
乘　位　憐　花
鄰　照　居
按　安　座　圓
可　裝　形
圍　另　坐　外

五　1. 式　　2. 色　　3. 已　　4. 以
　　5. 做　　6. 作　　7. 氣　　8. 汽
六　1. 待　　2. 份　　3. 製　　4. 刻
七　1. 每天放學回家，我總是先作功課在玩。
　　　　　　　　　　　　　　　　做；再
　　2. 爸爸送奶奶去醫院作健康檢查。
　　　　　　　　　　　　　　做；健
　　3. 爺爺每天早上都會去花圓裏散步。
　　　　　　　　　　　　　圓；步
　　4. 吃晚飯的時侯，玩皮的小狗跑來跑去。
　　　　　　　　　　　　　候；頑

綜合練習二
一　1. 安　　2. 蜜　　3. 清　　4. 制
　　5. 承　　6. 准
二　1. 腦怒；惱　　　2. 建康；健
　　3. 經曆；歷　　　4. 安時；按
　　5. 敘集；聚　　　6. 蜜切；密
　　7. 智惠；慧　　　8. 美秒；妙
三　1. 技　　2. 揮　　3. 聯　　4. 乾
四　1. A. 郊　B. 效　C. 郊　D. 效
　　2. A. 訪　B. 訪　C. 仿　D. 仿
　　3. A. 氣　B. 汽　C. 汽　D. 氣
　　4. A. 列　B. 列　C. 烈　D. 烈
五　1. 深藍；圓月　　2. 已經；好像
　　3. 考試；問題　　4. 辛苦；幸福
　　5. 乾淨；安靜　　6. 鋒利；讚歎
六　1. 憐居；鄰居　　2. 鴕鳥；鴕鳥
　　3. 訪冒；仿冒　　4. 貪困；貧困
　　5. 記律；紀律　　6. 鬆馳；鬆弛
七　1. 礻　　2. 良　　3. 爪　　4. 印
　　5. 馬　　6. 　　7. 爪
八　1. 圓　　2. 玩　　3. 在　　4. 在
　　5. 在　　6. 玩　　7. 再　　8. 再
　　9. 玩
九　10月20日晴　　　　　　　　　　晴
　　1. 令天，哥哥帶我一起去打藍球。
　　　　　　　　　　　　　　今；籃
　　2. 哥哥先教我運球，可我煉習了很久，扔然不會。
　　　　　　　　　　　　　練；仍

筆劃索引

音近錯別字

形近錯別字

部件易錯字

綜合練習

答案

筆畫索引

學好中文

不寫錯別字

小學低年級篇

主編

思言

編著

晶瑩

編輯

喬健

版式設計

曾熙哲

排版

明暉

畫圖

張楠

出版者

萬里機構・萬里書店

香港鰂魚涌英皇道1065號東達中心1305室

電話：2564 7511

傳真：2565 5539

電郵：info@wanlibk.com

網址：http://www.wanlibk.com

http://www.facebook.com/wanlibk

發行者

香港聯合書刊物流有限公司

香港新界大埔汀麗路 36 號

中華商務印刷大廈 3 字樓

電話：2150 2100

傳真：2407 3062

電郵：info@suplogistics.com.hk

承印者

百樂門印刷有限公司

出版日期

二零一六年十二月第一次印刷